10|18
12, avenue d'Italie — Paris XIIIe

Sur l'auteur

Colum McCann est né à Dublin en 1965. Après des études de journalisme au St Joseph's College de Dublin, il travaille d'abord comme rédacteur pour l'*Evening Herald* puis devient correspondant junior pour l'*Evening Press* de Dublin dans les années 80, avant de s'embarquer pour un tour des États-Unis à bicyclette qui va durer deux ans. C'est cette expérience qu'il raconte dans *Sisters*, son premier récit, avec lequel il remporte le prestigieux Hennessy Award pour la meilleure première œuvre et le New Writer of the Year en 1991. En 1994, il obtient le Rooney Prize for Irish Literature pour son recueil de nouvelles, *La Rivière de l'exil.* Salué unanimement par la critique et le public comme une des nouvelles voix les plus prometteuses de cette génération pour ses deux romans, *Le Chant du coyote* et *Les Saisons de la nuit*, Colum McCann vit aujourd'hui à New York. Son dernier ouvrage, *Everything in This Country Must*, a paru aux États-Unis en mars 2000.

LA RIVIÈRE DE L'EXIL

PAR

COLUM McCANN

Traduit de l'anglais
par Michelle HERPE-VOSLINSKY

10 18

« Domaine étranger »
dirigé par Jean-Claude Zylberstein

BELFOND

Du même auteur
aux Éditions 10/18

LE CHANT DU COYOTE, n° 2799
LES SAISONS DE LA NUIT, n° 3145
▶ LA RIVIÈRE DE L'EXIL, n° 3319

Titre original :
Fishing the Sloe-Black River
(publié par Phoenix House, United Kingdom)

Cet ouvrage a été traduit avec le concours
de l'Ireland Literature Exchange (Translation Fund),
Dublin, Irlande.

ISBN 2-264-03147-6

Pour mon père et ma mère.
Et pour Roger et Rose Marie.

Sœurs

J'en suis venue à voir nos vies aux couleurs de cet endroit – la sienne, comme du chanvre de tourbière, la mienne, aussi noire que l'eau rencontrée par les hommes s'ils creusent trop profond dans le sol avec leur pelle.

Je me revois à quinze ans, en début de soirée, pédaler vers la salle de bal à travers ces marécages, mes chaussettes jaunes toutes propres aux pieds. Ma sœur restait à la maison. J'essayais d'éviter les flaques, mais il y avait toujours une ou deux éclaboussures sur l'ourlet de ma robe. Au bal, les garçons, en anorak bleu, me regardaient quand je dansais. Dehors, ils s'appuyaient sur mon vélo et fumaient des cigarettes qu'ils partageaient dans la nuit. Je me donnais. L'un d'eux, une fois, a laissé un lys de printemps dans le panier sur la roue avant. Plus tard, ce furent des hommes en costume anthracite qui, penchés sur moi, me pénétraient, la tête rejetée de côté comme des faucons, les yeux fermés. Parfois, je levais les mains au-dessus de leurs épaules pour sculpter une forme de mes doigts, avec un visage et des yeux, une personne très petite qui tenait dans ma main, et dont le travail était d'essayer de comprendre. Entre une statue de Notre-Dame et une croix celte commémorant les morts de l'Irlande, ma main dessinait un point d'interrogation, tandis qu'un garçon de ferme creusait son sillon en moi.

Un jour, un homme avec une moustache gauloise, grise aux extrémités, m'a emmenée aux toilettes publiques de Castlebar. C'était un marin. Il sentait le cordage, une longue abstinence et les maritornes de ports de mer. Il y avait des baies et des fourrés, des flancs de coteau et de la bruyère. Mon vagabondage sexuel était ma signature. J'étais faite comme un sablier ; j'avais les cheveux couleur de tourbe et les yeux verts comme des bouteilles de vin. Une autre fois, quelqu'un m'a payé une glace, à Achill Island, puis nous avons détaché de l'améthyste des rochers du rivage et grimpé à la tour de la radio. Nous nous sommes réveillés tard au bord d'une falaise battue par les vagues de l'Atlantique. Une lune blanche se reflétait dans l'eau. Le lendemain, à la table du dîner, mon père nous a dit que John F. Kennedy avait envoyé un homme sur la Lune. Nous savions que Kennedy était mort depuis longtemps – sa photo nous fixait d'un cadre accroché au mur –, mais nous n'avons rien objecté. « C'est dommage, a ajouté mon père en me regardant, que la Lune se soit révélée un tas de cendres. »

Mes jambes étaient plus solides, à présent, et je gagnais la salle de bal à pied en flânant par les tourbières humides et sombres. Le garçon au lys de printemps a recommencé, cette fois avec des capucines volées devant le poste de police. Mon corps continuait à s'épanouir à tous les bons endroits. Mon père ne se couchait pas avant mon retour ; il fumait des Woodbine jusqu'au bout. Une fois, il m'a dit qu'il avait entendu un homme, à son atelier d'imprimerie, me traiter de « petite putain » et je l'ai entendu pleurer tandis que je mettais Radio-Luxembourg dans ma chambre.

Ma sœur aînée, Brigid, nous concoctait une anorexie spectaculaire. Après les cours, elle se faufilait vers la tourbière et un gros rocher où elle pensait que personne ne la verrait, sa bible dans la poche et ses sandwiches à la main. Là, elle se perchait de guingois, comme un rouge-gorge, et morceau par morceau elle déchirait le pain tel un sacrement et le jetait tout autour d'elle. Le rocher avait une histoire – à l'époque des lois pénales[1], on l'avait utilisé comme lieu pour célébrer la messe. Parfois, je l'observais de loin. C'était un sac d'os, ma sœur, qui jetait son pain. Une fois, sur le rocher, je l'ai vue porter les tenailles de mon père à ses doigts et lentement s'arracher l'ongle du majeur de la main gauche. Elle avait appris que les partisans de Cromwell, au XVIIe siècle, avaient infligé ce supplice à des harpistes pour qu'ils ne puissent plus pincer les cordes et jouer de la musique. Elle voulait savoir ce qu'on éprouvait. Son doigt a saigné pendant des jours. Elle a raconté à mon père qu'elle s'était coincé la main dans une porte à l'école. Lui – toujours plongé dans l'apathie profonde provoquée, bien des années auparavant, par la mort de notre mère, soulevée d'une

1. Les lois pénales, votées de 1691 à 1714 sous le règne de Guillaume III, puis de la reine Anne Stuart, visaient à étouffer le catholicisme en Irlande. *(N.d.T.)*

falaise par un vent léger au cours d'une promenade – restait inconscient de l'état de Brigid. Depuis ce jour, elle avait vécu une étrange sorte de martyre. Les gens aimaient sa pâleur et sa fragilité, mais ils n'ont jamais vraiment su ce qui se passait sous tous ses chandails. Elle n'allait pas au bal. Naturellement, elle portait les chaussettes brunes de l'école imposées par les religieuses. Ses jambes étaient grêles comme des brindilles. Nous nous parlions rarement. Je ne faisais pas d'efforts en ce sens. Je lui enviais ce corps inutilisé qui avait besoin de si peu, pourtant je l'aimais aussi, avec l'amertume qui peut seulement exister entre sœurs.

À présent, vingt ans plus tard, tassée dans le coffre d'une voiture, blottie sous une couverture, je me demande pourquoi je passe en fraude la frontière canadienne pour retourner dans un pays qui ne m'a pas permis de rester, voir une sœur qu'en premier lieu je n'ai jamais vraiment connue.

Il fait sombre là-dedans, une cavité toute noire où je suis à l'étroit. Mes genoux sont remontés contre mes seins. Les gaz d'échappement me font tousser. Un vent froid entre en sifflant. Sans doute sommes-nous encore dans la campagne du Québec. À chaque feu de croisement, j'espère que c'est le poste frontière avant le Maine. Peut-être, quand nous serons enfin de l'autre côté, nous pourrons nous arrêter près d'un lac gelé et marcher prudemment sur la glace, Michael et moi.

Lorsque j'ai demandé à Michael de m'aider à passer la frontière en fraude, il n'a pas hésité. Il aimait l'idée d'être ce que les Mexicains appellent un « coyote ». Ça allait avec son sang navajo, disait-il ; ses ancêtres croyaient que les coyotes hurlaient au commencement de l'Univers. Connaissant ma réputation de jeunesse, il a remarqué en plaisantant que je n'aurais jamais pu croire à cette légende, que j'étais plutôt une adepte du big bang. Dans le coffre de la voiture, je frissonne de froid. Je porte un bonnet de laine bleue tiré sur les oreilles. Mon corps ne se plie plus en sandwich comme avant.

J'ai rencontré Michael dans un bus Greyhound au début des années soixante-dix, peu de temps après avoir quitté les tourbières. J'avais laissé Brigid à la maison, avec ses assiettes de nourriture intactes. À l'aéroport de Shannon, mon père m'avait bercée contre son cœur comme si j'étais sa dernière cigarette. Dans l'avion, je me suis rendu compte que j'étais partie pour toujours dans un nouveau pays – j'en avais assez de la manière entendue dont les femmes de chez nous hochaient la tête à mon passage. J'allais à San Francisco, avec mes perles de pacotille. À la gare routière de Port Authority, j'avais d'abord remarqué Michael en raison de son teint sombre et menaçant ; on aurait dit que sa peau avait été trempée dans de la mélasse chaude. Puis j'ai vu le collier de dents qui pendait sur sa poitrine. J'ai appris par la suite que c'étaient les dents d'un puma. Il avait trouvé l'animal un après-midi dans un coin désert de l'Idaho, écrasé par un véhicule. Michael est venu s'asseoir à côté de moi sans rien dire ; il sentait légèrement le feu de bois. Il avait un visage aquilin marqué d'acné, les poignets épais. Il portait un gilet en cuir, un jean, des bottes. Dans le bus, j'ai posé la tête sur son épaule, feignant de dormir. Plus tard, ma main s'est tendue pour jouer avec le collier de dents. Il a ri quand j'ai soufflé dessus. J'ai dit que leur tintement rappelait le son d'une harpe éolienne, mais ce n'était pas vrai du tout. On a traversé en ferraillant une Amérique immense. J'ai vécu des années avec lui à San Francisco, dans Dolores Street, près de la Mission où la sirène de brume du Golden Gate poussait sa complainte funèbre. Après l'expédition de 1978, une fois retournée en Irlande, je n'allais plus jamais dormir avec un homme.

La voiture s'arrête en cahotant. Ma tête ballotte contre le couvercle du coffre. Plutôt que revivre ça, je préférerais me frayer un passage à l'aide d'une épingle dans une colonne de pierre. Il y a un énorme trafic illégal de cigarettes et d'alcool à la frontière. On pourrait bien mettre fin à notre équipée. Michael voulait me faire passer en descendant la rivière Kennebec en canoë, mais j'ai dit que j'aimais mieux traverser simplement en voiture. À présent, je regrette que nous n'ayons pas choisi sa solution. « Sur les eaux paresseuses de la rivière nous flotterons, le rouge-gorge chantera, le ciel sera bleu, tout le monde sera amoureux. » Mon père avait chanté ça quand nous étions jeunes, Brigid et moi.

Lentement, la voiture repart. Je me demande si nous sommes enfin arrivés ou s'il ne s'agit que d'un autre feu le long de la route. Nous nous arrêtons encore, puis nous roulons au pas. Je me demande ce qui se passe dans la tête de Michael. J'ai été surprise quand je l'ai revu, il y a seulement trois jours, parce qu'il était pratiquement le même au bout de treize ans. J'avais honte de moi. Je me sentais grise et mal fagotée. Lorsque je suis allée me coucher sur son canapé, seule, je me suis souvenue des plis nouveaux à l'arrière de mes cuisses. À présent, j'ai davantage l'impression d'être son égale. Il s'est coupé les cheveux et il a mis un costume pour réduire le risque de se faire prendre – ce qui lui donne quelques-unes des années que j'ai gagnées, ou perdues, je ne sais.

Des voix étouffées. Je me roule encore plus en boule et j'appuie mon visage contre le métal froid. Si la patrouille frontalière demande à voir ses bagages, je suis bonne pour repartir ; l'histoire aura décrit sa boucle. Mais j'entends une main claquer deux fois le toit de la voiture, les vitesses grincent, un bond en avant, et quelques instants plus tard nous sommes en Amérique, le pays, comme quelqu'un a dit un jour, que Dieu a donné à Caïn. Un peu plus loin sur la route, j'entends Michael pousser un cri de triomphe, un rugissement, puis se mettre à rire.

« Mes glandes sébacées te saluent ! crie-t-il. Je sue comme un porc. Je vais te sortir de là en un rien de temps, Sheona. »

Sa voix me parvient assourdie, et j'ai les orteils gelés.

Un soir d'août 1978, je suis sortie du bar de Geary Street où je travaillais comme serveuse-chanteuse. Vêtue d'une vieille robe de mariée achetée dans une boutique de prêteur, les cheveux sur les épaules, en chaussettes jaunes – elles ont toujours été ma marque de fabrique –, je suis montée dans notre vieux pick-up Ford aux enjoliveurs violets et j'ai pris la route de la côte. Michael passait le week-end dans un chalet quelque part au nord de Mendocino, où il aidait à rentrer une récolte de californienne, la meilleure. Après le pont d'où les plongeurs kamikazes descendaient en piqué, je suis entrée dans Sausalito, puis j'ai fait un détour par le mont Tamalpais, où j'ai jeté quelques mégots au vent pour les esprits de Jack Kerouac et de John Muir, et j'ai de nouveau longé la côte. Le soleil se levait, comprimé rouge sale sur la mer. Je gardais l'œil sur la ligne blanche et sur le compteur. La matinée était bien avancée quand j'ai bifurqué pour remonter le cours de la Russian River en suivant les indications que Michael avait écrites au dos d'un billet d'un dollar.

Le chalet était en haut d'une route de montagne en lacet. Des chats bondissaient entre des pièces de vieilles motos, un fouillis de caisses d'oranges, les débris d'un moulin à vent. Des branches dépenaillées de baies sauvages pendaient sur les buissons, et le soleil ruisselait entre les séquoias. Michael et ses amis m'ont accueillie, des pistolets passés à la ceinture. Il n'y avait pas eu d'armes à Mayo, seulement des ragots d'écolière sur un homme de l'IRA qui vivait dans un trou de tourbière à deux kilomètres environ du rocher de Brigid. Ils me faisaient peur, ces pistolets. J'ai demandé à Michael de ranger le sien. Tard dans la soirée, alors que tous les autres étaient partis avec un camion chargé de cannabis, je lui ai demandé si nous pouvions passer un moment ensemble. Je voulais échapper aux armes. Mais je n'y ai pas échappé longtemps. Quelques heures plus tard, nue au bord d'un ruisseau, je citais Kavanagh je ne sais trop pourquoi, mes propres rives d'amour vertes, foisonnantes de feuilles, quand j'ai levé les yeux pardessus l'épaule de Michael, et j'ai vu quatre flics, le revolver au poing, qui riaient. Ils ont forcé Michael à se baisser et lui ont enfoncé une branche dans l'anus. Ils ont essayé de me prendre, ces nouveaux rapaces, et finalement ils y sont parvenus. Quatre à la suite. Cette fois, mes yeux étaient fermés, mes mains au sol, et rien ne me regardait depuis ma maison de doigts.

Cinq jours plus tard, pour ne pas se compliquer l'existence – un jeune avocat maigre coiffé d'un feutre blanc avait commencé à s'intéresser à mon cas –, ils m'ont expulsée parce que je n'avais pas de carte de séjour. Nous sommes passés devant la statue de la Paix de Beniano Bufano – le visage en mosaïque de toutes les races –, à San Francisco International, et de là, menottée, ils m'ont accompagnée à JFK et embarquée sur un Boeing 747 d'Aer Lingus. J'ai jeté mes perles dans les toilettes.

Michael me soulève du coffre. Il me fait tournoyer dans ses bras, au milieu d'un chemin de terre du Maine. Il fait noir comme dans un four, mais je sens presque l'odeur des lacs et des sapins, la neige propre nichée dans les branches. Un Orion hivernal brandit son épée contre le Taureau dans le ciel. « Ça pourrait être un fantôme, dis-je dans un murmure à Michael, qui cesse de danser. Je veux dire, la lumière qui frappe nos yeux viendrait de ces étoiles disparues il y a des millions d'années. Ce serait tout simplement un fantôme, déjà implosé. Une supernova.

— La seule chose que je sache des étoiles, c'est qu'elles sortent le soir, dit-il. Mon grand-père s'asseyait parfois sur une chaise devant notre maison et les comparait aux dents de ma grand-mère. »

Je ris et m'appuie contre lui. Il regarde le ciel.

« Apprends-moi encore des merveilles scientifiques », fait-il.

Je me lance dans un discours sur l'idée que, si nous pouvions voyager dans l'espace plus vite que la lumière, nous pourrions arriver à un endroit où nous n'avions pas vraiment voulu aller avant même de partir. Il me regarde, moqueur, pose ses doigts sur mes lèvres, m'emmène à la voiture et m'assied doucement sur le siège avant, en disant : « Ta sœur. »

Il enlève sa cravate, l'attache autour de sa tête à la

façon d'un bandana, cherche un instant sa queue de cheval disparue, augmente le son de la stéréo, et nous partons pour New York.

Un jour, j'avais vu ma sœur à Dublin, devant le Dawson Lounge. Ses nouveaux habits de couvent lui allaient bien, je crois. Du noir pour cacher la maigreur. Elle marmonnait des prières en marchant. Des poils avaient poussé sur ses mains, et ses pommettes s'étaient creusées. Je l'ai suivie autour de St Stephen's Green, et plus loin vers le Dail. Elle marchait lentement, sans jamais lever les pieds très haut. Elle s'est arrêtée à la grille du Dail, où des familles de sans-abri protestaient contre leur dénuement, assis en battant des bras comme des oiseaux-mouches pour se tenir chaud. C'était la veille de Noël. Elle a parlé avec certains un moment, puis elle a pris une couverture et s'est assise parmi eux. J'observais la scène de l'autre côté de la rue. Ça m'a choquée de l'entendre rire et de voir une petite fille lui sauter sur les genoux. Je me suis éloignée, j'ai acheté un pain que j'ai jeté aux canards dans le Green. Un garçon chaussé de Doc Martens me fixait et j'ai pensé à la salle de bal.

« Plus aucune de ces pièces ne porte nos dates de naissance, dis-je en fouillant dans mon sac pour trouver l'argent du péage.

— Ça m'a plu là-bas, dit-il. Cent fois mieux que d'être sur un échafaudage. Tu aurais dû voir la tête du type à la frontière. Il m'a fait signe de passer sans sourciller.

— Tu crois qu'on devient plus vieux et qu'ensuite on s'estompe ?

— Écoute, Sheona, tu connais le dicton…

— Quel dicton ?

— Une femme a l'âge qu'elle se sent. » Il a un petit rire. « Et un homme l'âge de la femme qu'il touche.

— Très drôle.

— Je rigole.

— Désolée, Mike. Je suis nerveuse. »

Je m'appuie contre le dossier et je le regarde. Parmi les lettres qu'il m'a envoyées de prison en six ans, une surtout est restée gravée dans ma mémoire : « Ça ne me gênerait pas de mourir dans le désert avec toi, Sheona, avait-il écrit. On pourrait tous les deux lécher la rosée sur les pierres, puis regarder le soleil, le laisser nous aveugler. Creuser un trou et pisser dans le sol. Mettre une boîte de conserve au fond du trou. La couvrir d'un morceau de plastique et lester le centre avec un caillou. Le soleil évaporera l'urine, la purifiera, elle se rassemblera en gouttelettes sur le plastique, courra vers le centre, puis tombera dans la boîte, produisant de l'eau. Au bout d'un jour, on pourra se désaltérer du corps de l'autre. Et puis bien mourir. Que les vautours descendent des courants ascendants. Je déteste être loin de toi. Je suis déjà mort. »

Le jour où j'ai reçu cette lettre, j'ai songé à abandonner mon emploi de secrétaire dans une tour de verre près des canaux de Kavanagh. J'ai pensé retourner à Mayo, planter une pelle dans un trou de tourbière, me laisser glisser dans l'eau, inspirer mes derniers souffles à travers une tige creuse de roseau. Mais je n'ai jamais quitté mon travail et je ne lui ai jamais répondu. L'idée de ce genre de mort était bien trop belle.

Mes journées à Dublin étaient ordinaires, solitaires. Un appartement dans Appian Way, assez près de Raglan Road, où mes cheveux bruns tissaient un piège. Sans que je sache comment, treize ans se sont enfuis, comme les années le font. Pas même du feuillage d'automne à présent elles restent pourtant délicatement imprimées dans ma peau. J'observais sans être vue un balayeur de rue dans Temple Bar. Il sifflait comme s'il avait un oiseau dans la gorge. Je remarquais des grues se balançant au-dessus de la ligne des toits. Dublin était devenue cosmopolite. Un drogué de Leeson Street, dans une entrée d'immeuble, fouillait ses entrailles pour en extraire un sachet de cocaïne. Les jeunes garçons portaient des casquettes de base-ball. Les canaux charriaient des ordures aux couleurs prodigieuses. Le facteur m'a demandé si je me sentais seule. En 1985, je suis allée à Torremolinos et j'y ai vu des filles de mon âge se faire engrosser dans les ruelles.

Mais les hommes ne me manquaient pas. J'achetais des casseroles, faisais de la bonne cuisine, écrivais des poèmes près d'un radiateur électrique à résistance unique. Une fois, je suis sortie avec un agent de police de Donegal, mais, quand il a soulevé ma jupe, je lui ai fait tomber ses lunettes. Au travail, en corsage enrubanné, j'étais si malheureuse que je ne pouvais même pas chercher un autre emploi. Quand je téléphonais, je me cassais toujours les ongles dans les trous du cadran. J'ai vu une harpiste au Concert Hall jouer admirablement sur des cordes de nylon. Dans un moment d'audace, j'ai tenté de retrouver ma sœur, deux ans jour pour jour après l'avoir vue blottie avec les sans-abri sous une couverture de l'Armée du Salut. « Sœur Brigid, m'a-t-on dit, répand la parole de Dieu en Amérique centrale. » Je n'ai pas eu le courage de demander l'adresse. Tout ce que je savais de l'Amérique centrale, c'était que là-bas il y avait des chiens plus maigres qu'elle.

Nous avons quitté l'autoroute, à présent, nous cherchons un poste à essence dans le New Hampshire. Le soleil, à l'est, saigne dans l'obscurité. Michael refuse de faire le plein à l'une des stations-service qui bordent la grande autoroute. Il préfère une petite ville. C'est toujours le même homme ; il porte maintenant son collier de dents de puma sur une chemise en oxford à col ouvert. Parce que j'ai confiance en lui, parce qu'il croit encore à des choses plus simples, plus honnêtes, je lui explique pourquoi je pense que Brigid est malade. Mes idées de l'Amérique centrale sont simplistes. Mon information provient des journaux. Elle est malade, lui dis-je, parce qu'elle a eu le cœur brisé parmi les agaves. Elle est malade parce qu'il y a des soldats aux abords de la ville, armés de kalachnikovs ou d'AK-47, qui défoncent à coups de canon les fours de brique où la pâte lève. Elle est malade parce qu'elle a vu des choses qui, pensait-elle, n'appartenaient qu'à l'histoire irlandaise. Elle est malade parce qu'elle a vu des filles plus osseuses qu'elle, et parce qu'il n'y avait pas de miracle. Elle est malade, elle est dans un hôpital couvent, à Long Island, pour les religieuses qui ont fait, ou pas, leur travail. Mais en réalité, franchement, je crois qu'elle est malade parce qu'elle savait que je la regardais lorsqu'elle jetait son pain d'un rocher, et que je n'en ai jamais parlé.

« Tu es trop sévère avec toi-même, dit Michael.

— Je me suis creusé un chemin à travers une colonne de pierre avec une épingle.

— Qu'est-ce que ça veut dire ?

— Oh, écoute, Michael, ce n'est plus comme si on

avait encore vingt et un ans. Toutes ces années fichues en l'air.

— Ça ne sert à rien d'être amer, dit-il.

— Ah, et toi, tu n'es pas amer ?

— J'ai appris à ne pas y penser.

— C'est pire que d'être amer, Michael.

— Allons, dit-il en tendant la main pour prendre la mienne. On ne peut pas changer le passé.

— Non, on ne peut pas. » Ma main est molle. « C'est vrai, on ne peut pas. »

Gênée par ma colère, je lui raconte encore, pour la énième fois ces trois derniers jours, comment j'ai découvert où elle était. J'ai décidé, il y a seulement une semaine, de retourner voir mon père. Je lui apportai une cartouche de Major parce que je n'avais pas trouvé de Woodbine. Je n'ai aucune idée de ce qui m'a poussée à le voir, sauf que l'une des autres secrétaires, à Dublin, avait parlé toute la matinée de son colley qui avait vomi sur son tapis préféré. Elle en pleurait de vraies larmes, plus pour le tapis, j'imagine, que pour le chien. J'ai gagné le canal et j'ai regardé les garçons plonger, brisant la pellicule huileuse de la surface. Leur témérité m'étonnait. Je suis allée à la gare de Heuston et j'ai pris un train pour l'ouest.

Il était mort, bien sûr. Le couple qui avait acheté notre pavillon avait déjà trois bébés. Ces gens m'ont raconté qu'ils avaient été avec mon père dans un hôpital à Galway quand, sous une tente à oxygène, il avait réclamé une gorgée de Bushmill et une cigarette. Les médecins lui avaient dit qu'il allait exploser et il avait répondu : « Formidable, donnez-m'en une, alors. » Le mari a demandé qui j'étais, même s'il le savait parfaitement. Je ne voulais pas qu'il apporte des capucines ou des lys de printemps. Je lui ai dit, devant sa femme, que j'étais une cousine éloignée. Dans un murmure, au portail, il m'a glissé ce qu'il avait appris : Brigid était malade et vivait maintenant dans un couvent de New York. Il a déposé un furtif baiser sur ma joue. Je l'ai essuyée avec dégoût et suis rentrée chez moi à Dublin, où j'ai donné des coups de téléphone jusqu'à ce que je découvre que Michael était au Québec, contremaître sur un chantier de construction.

« Michael, j'ai besoin de rentrer aux États-Unis. Je peux prendre un vol de Londres au Canada sans problème.

— J'irai te chercher à l'aéroport à Montréal.

— Tu es marié ? ai-je demandé.

— Tu plaisantes ? Et toi ?

— Tu plaisantes ? » J'ai ri. « Tu m'y emmèneras ?

— Ouais. »

Ce n'est qu'une autoroute, la 95, tout le long, un torrent de postes à essence, d'enseignes au néon, de motels, de flèches de fast-food. Michael parle d'un monde différent, au-delà de celui-ci, où dans son ennui il regardait le soleil se coucher et se lever et se coucher de nouveau. San Quentin lui avait appris à regarder par les fenêtres. Le jour où il est sorti, dans un costume de deux tailles trop grand pour lui, il a réappris à faire la roue et a fini par déchirer le polyester aux genoux. Il a pris un car pour Yosemite, et il y a trouvé un emploi de guide. Il a conduit une moto, sa Japonaise, comme il l'appelait, de la Californie à Gallup, au Nouveau-Mexique, où sa mère et son père claquaient un chèque mensuel du gouvernement à se soûler dans le lit du ruisseau asséché à l'arrière de leur maison. Michael dormait dans un appentis plein de bouteilles de Thunderbird ; un trou dans le toit en tôle ondulée lui permettait d'observer les étoiles, de tracer amèrement leur course dans le ciel. Il les a suivies dans l'Est. Il a grimpé sur des échafaudages pour construire des gratte-ciel à New York. Les grimpeurs navajos et mohawks étaient très demandés pour ce genre de boulot, et la paie était bonne.

Puis il y a eu une fille. Elle l'a emmené au Québec. Ils ont escaladé des cascades gelées dans une forêt septentrionale. La fille était partie depuis longtemps, mais pas les cascades. Peut-être, dit-il, quand on reviendra au Québec il me mettra un harnais et des chaussures à crampons, et on ira faire de l'escalade. Je touche mes cuisses et je dis que oui, peut-être.

Des flots de néon nous croisent.

Nous nous arrêtons dans un café-restaurant et un camionneur offre dix dollars à Michael pour le collier de dents de puma. Michael lui dit que c'est un héritage et ensuite, en essayant de s'assurer que je n'entends pas – moi, avec mon cardigan rouge au crochet et ma jupe grise –, le camionneur lui propose un sac plein de gélules. Michael a toujours ce style. Je ne me suis pas speedée depuis une éternité, et j'ai une légère envie d'avaler quelques cachets. Mais Michael remercie le camionneur, dit qu'il n'a pas pris d'amphètes depuis des années, et on s'en va.

Tard, le lendemain soir, dans les embouteillages de la circulation new-yorkaise, nous nous dirigeons vers le Village. Michael a les yeux fatigués, cernés de rides. La voiture est jonchée de gobelets de café vides et l'odeur des cigarettes s'accroche à nos vêtements. La ville me paraît semblable à tout autre, à présent, un mélange confus de gens et de voitures. Cela semble normal qu'il n'y ait pas de chambre pour nous au Chelsea Hotel, plus de Dylan, plus de Behan, plus de Cohen pour se souvenir de nous. De vieilles chansons me traversent l'esprit tandis que nous repartons. Nous passons la nuit chez un ami de Michael, dans Bleecker Street. J'ai apporté deux chemises de nuit dans ma valise. Ma grande audace, c'est que je ne mets ni l'une ni l'autre. Michael et son ami se pelotonnent aux deux bouts du canapé. Je dors dans un lit dont je redoute les draps. Quatre rapaces au bec rouge, bardés d'insignes, descendent en grognant des courants ascendants près d'un doux ruisseau, dans le soleil entre les séquoias. Un bouquet vibrant de jeunes garçons arrive des tourbières, coiffés de chapeaux en tweed brun, le bas du pantalon pris dans des pinces à vélo argentées. Mon père allume une cartouche de cigarettes et brûle dans une tente en plastique. Une religieuse court en rond, de la pâte lève dans son ventre. Mes poignets cloués à des aiguilles de pin, pas de vent léger pour m'emporter. Le sang coule à l'arrière de ses cuisses. Les griffes d'un rouge-gorge emportent des fleurs. Je me tourne et me retourne dans des rigoles de sueur, et ne trouve le sommeil que lorsque Michael vient m'embrasser les paupières.

Sur le trajet de Long Island, j'achète un bouquet de jonquilles à un vendeur des rues. Il me dit que les jonquilles signifient « mariage », je lui réponds qu'elles sont pour une religieuse. Il tire sur son chapeau. « On sait jamais, poulette, dit-il, on sait jamais, par les temps qui courent. »

Michael continue de se tâter la nuque en conduisant, et de temps à autre il me serre le bras en disant que ça va aller. L'autoroute vomit des voitures, mais peu à peu, à mesure que nous approchons, la circulation s'éclaircit et le rythme s'accélère. Les essuie-glaces balaient des flocons de neige. Je m'enroule comme un coquillage et j'écoute un bruit semblable à celui des vagues. Je suis plus vieille maintenant, je n'ai pas le droit d'avoir peur. Je songe à effeuiller les fleurs, pétale par pétale. Nous roulons vers l'océan. Au loin, je vois des mouettes se chamailler au-dessus des vagues.

Le couvent de Bluepoint est pareil à une école. Il ne semble pas y avoir grand-chose de saint dans ce lieu, à part la statue de Notre-Dame sur la pelouse, devant le bâtiment, un manteau de neige sur les épaules. Michael gare la voiture et je lui demande de m'attendre. Je sors le collier de dents de sous le col de sa chemise et, pour la première fois depuis que je l'ai revu, je l'embrasse sur la bouche. « Vas-y, dit-il, ne commence pas à être sentimentale avec moi. Et ne reste pas trop longtemps. Elles fondent très vite, ces cascades du Québec. »

Il met la radio à fond et je me dirige vers la porte d'entrée. Tiens bon. Courage. Vide la coupe. Les mots d'un poète qui devait savoir : « Ce que je fais est moi. C'est pour cela que je suis venu. » Je frappe des doigts sur le bois, mais la lourde porte met longtemps à s'ouvrir.

« Oui, mon enfant ? » dit la vieille religieuse. Elle est irlandaise aussi, le visage creusé de rides violettes et brunes.

« Je voudrais voir Brigid O'Dwyer. »

Elle me regarde, étudie mon visage. « Pas de visites, je regrette, dit-elle. Sœur Brigid a besoin d'un petit peu de repos et de calme. » Elle commence à fermer la porte en me souriant avec douceur.

« Is mise a dhreifeur, je bégaie. Je suis sa sœur. »

La porte se rouvre, et elle me regarde en coin.

« Bhfuil tú cinnte ? Vous êtes sûre ? »

Je ris. « Sea, Táim cinnte. Oui, je suis sûre.

— Cad a bhfuil uait ? demande-t-elle. Qu'est-ce que vous voulez ?

— Je veux la voir. Sé do thoil é. S'il vous plaît. »

Elle me fixe un long moment. « Tar isteach. Entrez, ma fille. » Elle prend les jonquilles et me touche la joue. « Vous avez ses yeux. »

Je marche dans le couloir où d'autres vieilles religieuses s'amassent comme de la mousse, posant des questions. « Elle est très malade, dit l'une d'elles. Elle ne veut voir personne. » La religieuse qui m'a accueillie s'éloigne à pas feutrés. Il y a des fleurs près de la porte, des tableaux sur les murs, une odeur de pot-pourri, une qualité de blancheur qui noie toutes les couleurs. Assise sur une chaise en acier, les genoux rivés, les mains dans mon giron, j'observe leurs visages, j'entends les sombres bavardages, sans répondre. Une statue de la Madone me fixe. Je suis une adolescente, à présent, en jupe brune de couvent. C'est l'hiver. Après le *camogie*[1], dans les douches de l'école, deux religieuses nous regardent, mes camarades de classe et moi, laver la boue de nos jambes. Elles voient des ecchymoses à l'intérieur de ma cuisse, et ensuite elles me parlent de Marie-Madeleine. En m'éloignant à vélo des grilles de l'école, je laisse ma jupe se relever de façon flagrante. Je la vois là, sur le rocher, elle suce son doigt et

1. Version féminine du jeu de hurling, le hockey irlandais. *(N.d.T.)*

fabrique une croix de roseaux, l'emblème de la sainte dont elle porte le nom. Mon père met de la tourbe sur le feu. Formidable, donnez-moi une clope, alors.

« Voulez-vous prendre le thé avec nous ? Elle dort, pour le moment. » C'est la vieille religieuse qui a répondu à la porte.

« Merci, ma sœur.

— Vous êtes pâle, mon enfant.

— J'ai voyagé longtemps. »

Autour du thé et des scones, elles commencent à fondre, ces femmes. Elles m'étonnent par leur caquetage et leurs sourires. Elles demandent des nouvelles du vieux pays. Brigid, disent-elles. Quel personnage ! A-t-elle toujours été ainsi ? Dans le Saint-Esprit jusqu'au cou ?

Deux religieuses avaient passé les dernières années avec elle. Elles me racontent qu'elle a vécu au Salvador, dans un couvent situé près d'une plantation de café. Un jour, récemment, on a tiré sur trois autres religieuses, blessant l'une d'elles presque mortellement. Brigid s'est retirée quelques heures sur une montagne afin de prier pour leur rétablissement. On l'a trouvée trois jours plus tard, assise sur un rocher. Elles me regardent avec curiosité quand je leur demande comment étaient ses ongles. Non, répondent-elles, ses ongles allaient très bien. C'est le manque de nourriture qui a eu raison d'elle. Cinq *campesinos* l'ont transportée en bas de la montagne. Elle était très aimée des gens du pays. Elle portait toujours de la nourriture aux femmes dans les maisons en adobe, et les hommes la respectaient pour la façon dont elle la cachait sous ses vêtements afin que sa charité ne soit pas humiliante. Elle avait passé deux semaines dans un hôpital de San Salvador, sous perfusion, puis on l'avait transportée à Long Island pour qu'elle guérisse. Elle n'avait jamais parlé de frères ni de sœurs, bien qu'elle ait reçu des lettres d'Irlande. Elle faisait des choses vraiment étranges, toutefois, en Amérique centrale. Elle portait un galet dans sa bouche. Il venait de la mer des Sargasses. Elle apprenait à danser. Elle élevait quatre porcelets derrière la sacristie de l'église du village. Elle avait montré aux gens comment dépouiller les lapins. Le galet lui avait légèrement ébréché les dents. Elle s'était mise à porter des chaussettes d'une bien curieuse couleur.

Je ris.

« Tout le monde, dit l'une d'elles avec un accent espagnol, a droit à un peu de folie, même une religieuse. Je ne vois pas ce qu'il y a de mal à ça.

— Non, non, il n'y a rien de mal. Je pensais, c'est tout.

— Il fait froid parfois là-bas, vous savez », répond-elle.

Quelqu'un parle de la fois où elle a fait brûler les haricots *pintos*. La fois où les cochons se sont sauvés de l'enclos. Celle où le lapin lui a échappé. Une autre raconte comment un jour elle a fait tomber du pain d'épice de sa robe en s'agenouillant devant l'autel, et l'un des prêtres, un Gallois, a dit que Dieu avait bien donné son épice unique. Mais on lui avait pardonné sa plaisanterie parce que ce n'était pas un blasphémateur, il était simplement un peu farceur. Le jardinier entre, un homme de Sligo, et il dit : « J'ai vu plus de graisse sur le couteau d'un boucher que sur votre sœur. » Je laisse les raisins des scones sur le bord de la soucoupe. Je ris encore.

« Je peux la voir ? dis-je en me tournant vers la

religieuse qui m'a ouvert la porte. J'ai vraiment besoin de la voir. Un ami m'attend dehors et je dois bientôt partir. »

La religieuse va vers la cuisine de son pas traînant. J'attends. Je pense à une motte de tourbe et à sa façon de contenir tant d'histoire. J'aurais dû apporter un peu de terre à ma sœur. Ou une pierre. Ou quelque chose.

Une vieille religieuse à l'accent africain sort de la cuisine en chantant un cantique, avec un toast et un verre d'eau. Elle a mis une cuillerée de confiture au bord d'une assiette blanche « pour l'occasion ». Elle m'adresse un clin d'œil et me dit de la suivre. Je sens des regards dans mon dos, puis j'entends les voix bourdonner quand nous quittons le réfectoire. Au premier, nous passons devant une statue blanche, un peu inquiétante, puis nous suivons un long couloir très propre vers une chambre avec un portrait de l'archevêque Romero sur la porte. Nous nous arrêtons. Je retiens mon souffle. Une motte de tourbe. Une pierre. N'importe quoi.

« Entrez, ma petite. » La religieuse serre ma main. « Vous tremblez.

— Merci », dis-je. J'ouvre lentement la porte. « Brigid ? » Les draps et les couvertures sont froissés comme si on venait de s'y retourner. « Brigid. C'est moi, Sheona. »

Il n'y a pas de bruit, rien qu'un soupçon de mouvement sous les draps. Je vais vers le lit. Ses yeux sont ouverts, mais elle n'est pas à l'intérieur. Ses cheveux sont gris, emmêlés. Les rides coupent profondément son visage. L'âge a assailli ses pommettes. Je suis en colère. Je décroche l'image du Sacré-Cœur qui répand une lumière rouge dans la chambre et je la place face au sol. Elle murmure, un peu de salive sort d'un côté de sa bouche. Elle est donc là, après tout. De nouveau, je regarde dans ses yeux. C'est la première fois que je la vois depuis que nous avions encore cet âge. Peut-être, une amertume là-dedans, enfouie profondément. « Je veux seulement un terrain neutre », dis-je. Puis je me rends compte que je ne sais pas à qui je parle, et je raccroche l'image au mur.

Je m'assieds sur le lit et je touche sa chevelure de cendres. « Parle-moi », dis-je. Elle se tourne légèrement. Le toast refroidit sur une assiette par terre. J'ignore si elle sait qui je suis quand je lui donne à manger, mais j'ai l'impression que oui. J'ai peur de poser la main sur elle, je pourrais briser des os. Elle ne veut pas être nourrie. Elle siffle et crache le pain de ses lèvres desséchées. Elle referme sa bouche sur mes doigts, mais je l'écarte sans effort. Ses dents sont friables comme de la craie. Je pose de nouveau un morceau de toast sur sa langue. Il devient chaque fois plus humide et finit par se dissoudre. Je le fais passer avec de l'eau. J'essaie de dire quelque chose, sans y parvenir, aussi je chante un air de Hoagy Carmichael ; rien ne montre qu'elle le reconnaisse. Si je tentais de la soulever, je crois que je trouverais un tas de poussière dans ma main, ma propre main, qui me parle de nouveau, sculptant une forme mouvante.

Je veux savoir qui est sous les draps. « Parle-moi. » Elle roule sur le côté et me tourne le dos. Je me lève et promène mon regard dans la chambre. Elle se résume à une bosse dans le lit. Un pot de chambre vide. Des chrysanthèmes en pleine floraison près de la fenêtre. Une assiette blanche avec une trace de confiture. Un archevêque mort à l'extérieur, qui nous regarde.

« Rien qu'un mot, dis-je. Donne-moi un seul mot. »

Des voix nous parviennent du couloir blanc. Éperdue, je me tourne vers une commode et un placard pour examiner les affaires qui composent la Brigid actuelle. Je sors les tiroirs et vide leur contenu sur le sol. Je ne comprends pas la mosaïque obtenue. Une bible. Quelques corsages soigneusement pliés. Des sous-vêtements longs. Un paquet de lettres retenues par un élastique. Des tas d'épingles à cheveux. Des images glanées dans le *Livre de Kells*. Des lettres éparses. Je ne veux pas les lire. Un homme semant des graines, peint par une main enfantine. Une photographie de notre mère et de notre père, il y a longtemps, debout ensemble près du monument de Nelson [1], lui avec un cigare, elle avec une voilette à son chapeau. Un journal, qui parle d'une élection récente. Une poupée maya. Assise en tailleur sur le parquet, je suis déçue par le fatras de la vie de quelqu'un d'autre. Je n'ai pas trouvé ce que je cherchais.

Je marche doucement vers le bout du lit et je soulève les draps. Ses pieds sont bleus et très froids au toucher. Je les frotte, lentement d'abord. Je me souviens, quand nous étions enfants, très jeunes, avant tout ça, nous tenions des boutons d'or sous le menton de l'autre, au bord de champs de terre brune, pour savoir si nous aimions le beurre. Je veux que ses pieds me disent qu'elle aussi se souvient. Tandis que

1. Monument de Dublin, détruit par une bombe de l'IRA en 1969. *(N.d.T.)*

je les masse, je crois la voir pencher la tête de côté et sourire, mais je n'en suis pas sûre. Je ne sais pas pourquoi, j'ai envie de prendre ses pieds dans ma bouche. Je voudrais le faire, mais ça paraît obscène, aussi je m'abstiens. « Sur les eaux paresseuses de la rivière nous flotterons, le rouge-gorge chantera, le ciel sera bleu, tout le monde sera amoureux, sur les eaux paresseuses de la rivière avec moi. » Elle marmonne quand je me penche sur son visage pour l'embrasser. Il y a de la salive sur son menton et elle est horriblement flétrie.

Je marche vers la fenêtre. Au loin, sur le parking, je vois Michael, la tête sur le volant, qui dort. Deux religieuses le regardent par la vitre du passager, curieuses, une tasse de thé et des scones à la main. Je le regarde aussi, me posant des questions sur ces derniers jours. Je retrouve en moi une vieille sensation, qui est neuve à présent. Ces dents autour de son cou. Je voudrais de nouveau avoir une bicyclette. Des plants de séquoia dans le panier. Je veux pédaler à travers un tourbillon de flaques jusqu'à un endroit où une cascade est gelée. Je vais rester ici pour le moment. Je le sais. Mais, lorsqu'elle sera guérie, j'irai faire de l'escalade au Québec.

Pourtant, il y a d'abord une chose dont j'ai besoin. Je souris, m'éloigne de la fenêtre, me penche sur Brigid et murmure : « En tout cas, sœurette, où as-tu fourré mes chaussettes jaunes ? »

Un petit déjeuner pour Enrique

Les seuls hommes d'âge mûr que je connaisse sont ceux qui se lèvent tôt pour aller travailler. Ils pêchent des truites de mer et des églefins dans l'océan. Leurs bateaux quittent le quai en formation déployée avant le lever du soleil ; ils reviennent vers le milieu de la matinée avec d'énormes bacs en plastique pleins de poissons, prêts pour que nous les vidions. Ils tirent fort sur des cigarettes sans filtre, passent leurs grosses mains dans leur barbe poivre et sel. Même les plus jeunes paraissent vieux, leurs cheveux se raréfient, leurs yeux sont tournés vers la mer. Quand la pêche a été pesée, on les voit regagner lentement leur bateau, pareils à des mouettes, en piétinant un fouillis de filets et de cordages. Ils ne parlent pas aux videurs de poissons. Ils nous manifestent une sorte de dédain, d'indifférence tranquille, à cause de la minceur de nos avant-bras, je crois.

Je pense toujours à eux le matin lorsque la lumière entre à travers mes rideaux. La lumière est semblable à un vieux pêcheur, en ciré jaune brillant de pluie, venu nous regarder, Enrique et moi, emmitouflés sous nos draps.

C'est une étrange lumière qui entre ce matin, plus chenue, aux poignets plus épais, elle se fraie un chemin entre les rideaux et se pose à la tête du lit avec ses grains de poussière. *Vous êtes pas le sel de la terre, bon sang, vous deux ?* Enrique est enroulé sur lui-même, la courbe pleine de son dos contre la maigreur de ses jambes. Ses cheveux lui couvrent le visage. Sur son menton, les poils repoussent à profusion. Des cernes noirs se sont rassemblés sous ses yeux et son tee-shirt est maculé par la sauce des spaghettis du déjeuner d'hier. Je m'approche pour effleurer sa joue de mes lèvres. Enrique bouge un peu, et je remarque un petit chapelet de taches de sang sur l'oreiller, où il a toussé. *Levez-vous, sales flemmards.* Je lisse le front d'Enrique où la sueur s'est accumulée, même dans son sommeil.

Je sors nu du lit, glisse les pieds dans mes pantoufles. Le sol est froid et je marche avec précaution. Hier soir, j'ai cassé le pot de confiture de mûres où se trouvait notre argent. Le verre a explosé, projetant des éclats brillants dans toute la pièce. Je me dirige vers la fenêtre, et Enrique murmure dans l'oreiller. Les rideaux font un bruit de glace qui craque. Les fantômes des vieux pêcheurs peuvent entrer en foule s'ils le veulent maintenant, cracher leurs épithètes par toute la chambre. *Qu'est-ce que c'est que ce foutoir ? T'es en retard pour le boulot, l'Irlandais. Les sirènes de brume sonnent pas ce matin. Vide le poisson par le côté, connard !*

Notre fenêtre donne sur une pente abrupte de voitures en stationnement. Ce matin, elles sont pare-chocs contre pare-chocs. Les conducteurs ont tourné le volant vers le trottoir pour éviter que leurs véhicules ne dévalent la côte et ne se jettent dans la mer. Il y a deux semaines, nous avons vendu notre voiture, Enrique et moi, pour deux mille sept cents dollars à un homme aux cheveux couleur de citron, et tout l'argent est déjà parti. Des paquets de médicaments et un peu de cocaïne. J'ai placé notre dernière ligne sur son ventre, hier soir, mais il transpirait si fort qu'il était presque impossible de la sniffer.

Je regarde l'épicerie, plus loin dans la rue. La lumière blanche se vautre sur les immeubles, débordant par-dessus les grilles en fer forgé. Ce que je préfère, ici, c'est que les gens mettent des fleurs à leurs fenêtres, un barbouillage pittoresque de verts et de rouges méditerranéens. Les portes sont peintes d'un pot-pourri de couleurs. Les rideaux s'ouvrent tôt le matin. Il y a un chat au deuxième étage, de l'autre côté de la rue, noir de jais, un bandana bleu moucheté autour du cou. Il penche sans cesse la tête sur le côté en bâillant à la fenêtre. Parfois, je rapporte de la truite de mer et je la laisse sur le seuil de la maison pour son propriétaire.

Je me couvre d'une main pudique et sors par la porte-fenêtre. Un vent froid monte du bord de mer, portant une odeur d'eau salée et de levain frais. Certains pêcheurs auront déjà déchargé leur butin, et Paulie doit se passer nerveusement les doigts dans les cheveux. *Où est O'Meara ce matin ?* vont-ils lui dire. *Il s'est trouvé un jésus ?* Les autres videurs de poissons jureront sur leurs tranches de filet. Leurs gants en plastique seront couverts de sang. Des filaments d'entrailles seront tombés sur leurs bottes. *Il est toujours en retard, ce salaud, de toute façon.*

Je devrais enfiler mon vieux jean et siffler un taxi,

ou sauter dans le tram, ou prendre mon vélo et descendre à l'entrepôt à travers les collines, mais ce matin la lumière est curieusement lourde, apathique, lente, et j'ai envie de rester.

Enrique tousse dans la chambre derrière moi, il crache dans l'oreiller. On dirait l'aboiement rauque des phoques le long des falaises, plus loin sur la côte californienne. Sa peau est cireuse et tendue sur la mâchoire. La façon dont il se débat dans le lit me rappelle un jeune râle des genêts que j'ai amené chez moi un jour après une marée noire, dans ma ville natale, près de Bantry Bay ; il battait continuellement ses ailes noircies contre les barreaux de la cage afin de sortir.

Il devrait se réveiller bientôt, et peut-être aujourd'hui se sentira-t-il assez bien pour s'asseoir dans le lit, lire un roman ou un magazine. Je me penche pour ramasser les gros morceaux de verre sur le sol. Le mur porte une longue balafre à l'endroit où j'ai jeté le pot de confiture. *C'était malin, hein, O'Meara ?* Je trouve deux quarters et quelques dimes éparpillés parmi le verre. Il y a également une pièce irlandaise de cinq pence par terre, un anachronisme, un souvenir.

J'envoie promener un minuscule éclat planté dans mon doigt, et Enrique, de nouveau, s'agite dans le lit. Il est de plus en plus mince, comme la coquille d'un œuf de faucon, et bientôt ses mouvements seront à peine perceptibles sous les draps. J'entre dans la salle de bains et pisse rapidement dans le lavabo. Enrique a toujours dit que la hauteur est bien meilleure et qu'ainsi on ne risque pas d'éclabousser le siège. Pas très hygiénique, mais curieusement agréable. Dans le miroir, j'ai les yeux injectés de sang, l'air d'avoir des bajoues. Je me lave les mains, mais elles gardent l'odeur du poisson d'hier. Nous n'avons plus qu'un savon, et l'eau qui coule du robinet est couleur de rouille. De retour dans la chambre, je mets mon jean, une chemise de bûcheron à gros carreaux et ma casquette à visière noire. Je fouille dans les poches de mon jean, où je trouve encore trois dollars, puis je consulte ma montre. Une heure de retard de plus ne va pas changer grand-chose. Mon manteau est accroché au montant du lit. Une fois encore, je me penche sur Enrique et lui dis que je serai de retour dans quelques minutes. Il ne bouge pas. *Ah, c'est pas chouette, O'Meara ? Tu sors acheter le petit déjeuner pour Enrique.*

Dans la rue, le vent qui me pousse dans le dos me fait marcher plus vite. Je dépasse une rangée de jeunes arbres, les marques à la craie d'une marelle enfantine et j'arrive à l'épicerie où Betty tient le comptoir. C'est une vieille boutique de quartier. Au sol, les carreaux noir et blanc rebiquent sur les bords. Betty est une énorme femme brune – si vaste, plaisante Enrique, qu'elle est susceptible de posséder son propre code postal. Elle porte souvent des débardeurs, et des grands pans de chair flasque pendent sous ses bras. Ils seraient obscènes sur n'importe qui mais ils semblent lui aller. Il y a un bonimenteur, de l'autre côté de la ville, près de la librairie City Lights, qui vante les mérites de « Betty les gros pis », mais je n'ai jamais eu le nerf d'entrer voir si c'est elle qui se trémousse là-dedans, sur scène, dans la lumière des néons. Betty négocie les allées de la boutique en marchant comme un crabe, et de son gros derrière fait parfois s'écrouler les sacs de chips exposés sur les rayons. Quand elle coupe le jambon, les tranches sont aussi épaisses que ses doigts. Il y a une clochette intérieure, à la porte, et lorsque j'entre elle lève les yeux de la caisse et referme en même temps son journal.

« Voilà cette tête brûlée d'Irlandais, dit-elle. Pourquoi t'es si pressé ?

— En retard pour le boulot. Je prends quelques bricoles.

— Tu travailles toujours à l'abattoir ?

— À l'entrepôt. Je vide le poisson.

— C'est du pareil au même. » Son rire résonne dans la boutique. Les franges de son corsage blanc rebondissent sur sa poitrine. Ses dents sont incroyablement blanches, mais je remarque ses ongles, rongés jusqu'au sang. La clochette tinte et deux Asiatiques âgés entrent, suivis d'un homme que je reconnais, il est barman dans Geary Street. Betty les salue tous d'un petit geste des doigts.

Je parcours les allées, regardant les prix, tripotant les trois dollars quatre-vingts dans ma poche. Le café est hors de question, ainsi que les croissants dans la vitrine des pâtisseries, qui coûtent un dollar pièce. Une tarte aux pommes ferait peut-être l'affaire, pourtant. En passant devant les étalages de nourriture, d'autres petits déjeuners me reviennent en mémoire – des saucisses et du bacon frits dans une cuisine de banlieue irlandaise, avec une hotte qui aspirait la fumée ; des gobelets en plastique pleins de jus d'orange ; des corn-flakes flottant sur le lait ; des morceaux de pudding disposés en cercle sur des assiettes blanches ébréchées ; des tomates poêlées et des toasts dégoulinants de beurre. À l'arrière-plan,

Gay Byrne parlait à la radio, tandis que ma mère, à présent disparue, se penchait sur le fourneau, regardant la vapeur monter de la bouilloire. Certains matins, je fonçais sur mon Raleigh pour aller à mes cours à l'université, une barre de Weetabix dans la poche de mon blouson. Une fois, du champagne et des fraises à Sausalito avec un amant qui pinçait sa moustache brune entre ses dents.

Je prends une petite bouteille en plastique de jus d'orange et une demi-douzaine d'œufs dans le frigo de l'épicerie, deux oranges et une banane à l'étalage de fruits, puis je glisse une baguette sous mon bras. Il y a du beurre et de la confiture à la maison, peut-être encore quelques sachets de thé. Betty vend des cigarettes à l'unité, vingt-cinq cents. Deux pour Enrique, deux pour moi ; ça ira. Demain soir, quand j'aurai touché ma paie à l'entrepôt – Paulie sera là, la tête penchée sur les chèques, l'air morose, et quelques vieux pêcheurs venus de leur bateau entreront en toussant –, j'achèterai des steaks et des légumes. Pas trop, quand même. Ces derniers temps, Enrique a eu du mal à garder la nourriture, et le seau bleu, un vilain ornement, reste à côté de notre lit.

Je fais rouler mes provisions jusqu'à la caisse, et Betty me jette un coup d'œil.

« Comment va notre malade ? demande-t-elle. Il a disparu de la circulation depuis trois semaines.

— Toujours terré au lit.

— Du nouveau ?

— Rien, malheureusement. »

Elle secoue la tête et plisse les lèvres. Je plonge la main dans ma poche pour en sortir la monnaie. « Je peux avoir quatre clopes, s'il vous plaît ? » Betty les prend dans une boîte de Marlboro Light au-dessus d'elle et les fait glisser vers moi. « Cadeau, dit-elle. Les fume pas toutes à la fois, mon poussin. » Je la remercie et les glisse rapidement dans ma poche de chemise. Betty se penche sur le comptoir et touche ma main gauche. « Et dis à ton homme que je veux voir son mignon petit cul argentin par ici.

— Il sera sur pied dans quelques jours, dis-je en mettant mes achats dans un sac en plastique blanc que j'accroche à mon poignet. Encore merci pour les clopes. »

La porte se referme avec bruit derrière moi, et la rue paraît s'ouvrir largement sous mes pieds. L'idéal, ce serait vingt cigarettes. Je saute à cloche-pied les marques à la craie – il y a des années que je n'ai pas joué à la marelle – et je m'assieds au bord du trottoir entre une Saab verte et un pick-up orange pour en allumer une. En regardant plus loin, j'aperçois notre balcon au-dessus des toits des voitures, mais pas de signe d'Enrique.

Hier soir, il a failli pleurer quand la cocaïne s'est coagulée dans la sueur de son ventre, mais j'en ai récupéré un peu et je l'ai posée sur le miroir. Il l'a repoussé, a tourné la tête vers le mur et levé les yeux vers une photo de lui faisant du rafting sur le Paraná. La photo a pâli à présent, elle jaunit sur les bords. La façon dont il se penche en avant dans le bateau en descendant un rapide, sa pagaie près de frapper l'eau, me paraît indiciblement triste ces temps-ci. Il n'a pas vu une rivière depuis des années et il n'est pas sorti depuis un mois environ.

Dans l'appartement, nous avons déroulé nos sacs de couchage que nous utilisons comme couvertures sur les draps. Notre poste de télévision est dans la vitrine du prêteur sur gages, à côté d'un arc de chasse. Le compte d'épargne est à sec, toutefois Enrique refuse absolument que je téléphone à son père. Les gens de l'assurance sont aimables, mais inflexibles. Parfois j'imagine un homme à l'extrémité de la Terre de Feu, les bras tendus vers les condors qui battent des ailes dans l'air rouge. Il se demande où est passé son fils.

De temps à autre, Enrique parle d'aller vivre dans la pampa. Son esprit l'y emmène, et ensemble nous construisons une barrière de bois autour du ranch. Les herbes se couchent sous le vent du nord. Le soir, nous regardons le soleil plonger derrière un lointain moulin à vent.

Il se réveille souvent, tard dans la nuit, et parle à n'en plus finir de la ferme de son père, qui fait de l'élevage. Quand il était jeune, il allait à la rivière avec ses amis. Ils faisaient des concours. C'était à qui résisterait le mieux aux rapides et resterait le plus longtemps au même endroit. À la fin de l'après-midi, il était encore là, à nager sur place dans le courant, en agitant les bras comme un fou, sans remarquer que ses copains avaient déjà à moitié descendu la rivière. Après la compétition, debout dans l'eau, ils attrapaient des poissons à la main. Puis ils allumaient un feu de camp pour les cuire. C'est Enrique qui m'a appris à les vider quand j'ai obtenu ce travail à l'entrepôt. D'un seul geste souple du doigt, on peut retirer toutes les entrailles.

Quand je brouille les œufs, je leur ajoute toujours un peu de lait et je les bats à la fourchette dans le bol pour qu'en fin de cuisson il ne reste aucun filament de blanc. La seule chose qui me gênait dans les petits déjeuners de ma mère, c'étaient ces longs fils crus. La cuisine est si petite qu'une seule personne peut s'y mouvoir. Je pose la baguette sur le plan de travail et je la coupe en deux, puis je tartine l'intérieur de beurre. Le four est long à chauffer. Entre-temps, je fais bouillir de l'eau et je mets des sachets de thé dans les gobelets décorés de tournesols.

J'entends Enrique sortir du lit et gagner lentement la fenêtre. D'abord, le bruit me surprend, mais je suis content qu'il soit réveillé. J'espère qu'il ne va pas se couper les pieds sur le verre qui traîne – le médecin nous a dit que plus ça ira, plus il sera difficile d'arrêter le sang d'une blessure.

De la buée s'est rassemblée sur le cadran de verre de l'horloge du four. *T'es encore en retard, O'Meara, tu effeuillais la marguerite ?* J'épluche les oranges que je dispose en quartiers sur l'assiette. *Ou tu t'astiquais peut-être le manche, c'est ça, O'Meara ?* J'entends la radio s'allumer, une chaise qu'on tire sur le balcon. J'espère qu'il a mis son écharpe sous sa robe de chambre, sinon il va prendre froid.

Quand j'étais dans la rue, j'aurais bien voulu le voir assis à regarder la ville blanche, ses cheveux bruns épars comme des algues, les poils de son torse bouclant vers son cou, son visage ciselé, la cicatrice de son menton usée tel le nœud mal fait d'un tapis persan.

Les œufs gonflent et durcissent, ils adhèrent aux bords de la poêle. Je les détache avec une fourchette, puis je dispose les parts sur deux assiettes. J'ai un peu brûlé le pain, et l'eau ne bout toujours pas. C'est étonnant, l'eau. Ces molécules qui se repoussent à une vitesse inimaginable, se transmettant de l'énergie, donnant et perdant de la chaleur. Dans l'entrepôt, pour tuer le temps, je pense à leur brutalité, leur stupidité. *Des tas de gens dans cette ville seraient contents de vider le poisson, sale pédé.* Je pose le pain sur une troisième assiette et j'attends. Quand l'eau finit par bouillir, je la verse sur les sachets de thé, en m'assurant que les petites étiquettes en papier restent à l'extérieur des gobelets. Je tiens les trois assiettes en trèfle dans la main droite – j'ai été serveur avant de rencontrer Enrique –, et de l'index et du pouce de la main gauche j'attrape l'anse des deux tasses.

La porte de la chambre est entrouverte et je la pousse du pied gauche. Elle s'ouvre avec un craquement mais Enrique ne se retourne pas dans sa chaise sur le balcon. La circulation est peut-être trop bruyante. Je le vois tousser puis cracher dans l'un de nos pots de fleurs. Il s'appuie de nouveau contre le dossier. Il fait un peu plus gris dehors, le soleil est caché par les nuages. Je vois qu'il a ramassé les derniers morceaux du pot de confiture et les a posés sur la table de nuit. L'oreiller a été retourné et on ne voit plus de taches de sang, mais sur les draps, il y a une poignée de cheveux noirs. Vingt-sept ans, c'est trop jeune pour devenir chauve.

J'avance sans bruit à travers la pièce. Sa tête est appuyée contre le dossier à présent. Les rideaux de la porte-fenêtre bruissent contre ma jambe et les anneaux tintent sur la tringle. Je me faufile derrière la chaise, me penche sur lui, lui donne le thé, et il sourit. Son visage paraît vieilli, le front est lourd, des pattes d'oie se sont formées autour de ses yeux. Nous nous embrassons, puis il souffle sur le thé et la vapeur s'élève. *Pourquoi diable tu portes ces foutus bracelets, O'Meara ?*

« Je te croyais déjà parti, dit-il.

— Dans quelques minutes. J'ai pensé que ce serait bien de déjeuner.

— Merveilleux. » Il tend la main vers l'assiette. « Je ne sais pas si je pourrai. »

— Mais si. Mange ce que tu veux. » Je pose mon assiette par terre et je boutonne le col de ma chemise pour me protéger du vent. Des voitures roulent bruyamment sous la fenêtre. Des gosses ont investi la marelle. La brise qui monte de la mer est terriblement fraîche et s'engouffre à travers les arbres. Enrique avance les lèvres comme pour parler, puis les laisse s'écarter, et de nouveau il regarde la rue, un petit sourire lui retroussant le coin de la bouche. Les cernes sous ses yeux s'assombrissent.

« J'ai des clopes aussi, dis-je. Betty me les a données. Et du jus d'orange, si tu veux.

— Génial. » De sa fourchette, Enrique pique délicatement les œufs et joue avec les quartiers d'orange. Puis il prend un morceau de pain et lentement en arrache la croûte. « Belle journée, hein ? dit-il en désignant soudain la rue d'un geste large.

— Superbe.

— Ils ont dit à la radio qu'on aura un maximum de 17 degrés.

— Un temps parfait pour ne rien faire.

— Le plus froid cette nuit, dans les 7 degrés.

— On dormira bien. »

Il hoche la tête et change légèrement de position. Un petit morceau de croûte tombe sur ses genoux. Il l'enlève de sa robe de chambre et le pose au bord de l'assiette. « Très bons, tes œufs, dit-il.

— Si je pouvais ne pas aller à l'entrepôt !
— On pourrait rester à parler.
— On pourrait. »
Je le regarde tourner sa fourchette dans l'assiette, mais déjà ses paupières tombent. La tasse de thé est posée par terre à côté de sa chaise. Il appuie la tête sur le dossier et soupire. Sa poitrine palpite comme celle d'un petit oiseau. La sueur commence à se rassembler sur son front. La fourchette glisse dans l'assiette et se niche contre les œufs. Je vois les voitures passer au-dessous de nous, et soudain je comprends que nous sommes dans le courant, Enrique et moi, que la circulation s'écoule, régulièrement, essayant de nous entraîner, alors que tout ce temps il se débat, sans avancer, au même endroit.

Il s'endort et le petit déjeuner refroidit.

Dans quelques minutes, je partirai travailler et je viderai tout ce qu'on m'apportera, mais pour le moment je regarde le corps d'Enrique, cette maison de sueur, ce terrain vague de protéines, être lentement assailli.

Enrique, un jour, m'a raconté une histoire d'étoiles de mer.

Il y avait un ostréiculteur, sur la côte au sud de Buenos Aires, qui exploitait son petit coin de la baie. Il n'avait pas écouté les générations de pêcheurs qui étaient passés avant lui, leurs conseils, leurs combines, leurs superstitions. Tout ce qu'il savait, c'était que les étoiles de mer se nourrissaient d'huîtres. Quand elles remontaient dans ses filets, il les prenait et déchirait leur corps symétrique en deux morceaux réguliers. Il les jetait par-dessus bord et continuait à pêcher. J'imagine que c'était sans doute un homme barbu, avec un rire décharné. Il ignorait cependant que les étoiles de mer ne meurent pas quand on les déchire, elles se régénèrent. Chaque fois qu'il en déchirait une, une seconde naissait. Il s'était demandé pourquoi il y avait tant d'étoiles de mer et pourquoi il restait si peu d'huîtres, jusqu'à ce qu'un pêcheur plus âgé le lui explique. Dorénavant, l'homme n'a plus touché aux étoiles de mer. Il aurait pu les ramener à terre, pourtant, et les jeter derrière un gros rocher gris ou dans la grande poubelle argentée sur le quai où les enfants, en rentrant de l'école, les flanquaient comme des pierres.

Il y a des moments, ces temps-ci, d'étranges moments passés parmi mes pensées vagabondes, où je me demande pourquoi mes pêcheurs ne viennent pas à moi dans l'entrepôt, stupéfaits, la cigarette pendue aux lèvres, deux étoiles de mer parfaitement formées à la main, en disant : *Regarde ça, O'Meara, pour l'amour du ciel, tu te rends compte ?*

Un panier plein de papier peint

Certains affirmaient qu'il avait travaillé à différencier le sexe des poulets dans les années quarante ; c'était un homme pâle, sec, qui avait été interné dans un camp pour Japonais près des montagnes de l'Idaho. Des mois interminables passés à déterminer si les poulets étaient mâles ou femelles. Il était venu en Irlande pour oublier tout ça. À d'autres moments, les vieux, les coudes sur le comptoir, lui inventaient des crimes abominables. Au Japon, disaient-ils, il avait attaché des cordons électriques aux testicules des aviateurs, découpé en tranches, rituellement, des prisonniers à l'épée, infligé le supplice de la goutte d'eau à de jeunes marines. Il avait le profil, d'après eux. Des yeux noirs tombant sur des joues creuses, une bouche pleine, sans la moindre couleur, une minuscule cicatrice au-dessus de l'œil droit. Même les femmes lui avaient fabriqué une histoire fantastique. Il était le quatrième fils d'un empereur, ou d'un poète, ou d'un général, portant le fardeau d'un amour sans retour. Nous, les garçons de l'école, on le voyait plutôt comme un pilote kamikaze qui avait eu les foies, avait sauté en parachute et dérivé vers notre ville on ne savait comment, porté par une vague violente et magique.

Osobé marchait sur la plage la tête penchée vers le sol, et se baissait pour ramasser des pierres. Parfois, nous nous cachions dans les dunes et écartions les longues herbes pour le regarder remplir de cailloux ses poches de pantalon. Il marchait à grands pas, déambulait souvent des heures le long de la côte, tandis que les mouettes s'élevaient précipitamment au-dessus de la grève et que les petits bateaux de pêche se balançaient sur la mer. Un jour, je devais avoir douze ans, je l'ai vu bondir sur la plage pendant qu'un marsouin faisait surface, plongeait et remontait à une cinquantaine de mètres. Une autre fois, Paul Ryan a jeté une brique entourée d'un message à travers la fenêtre de son pavillon, dans la rangée de quinze petites maisons identiques au centre de notre village. *Les Japs au Japon*, disait le mot. Le lendemain, nous avons constaté que la fenêtre avait été couverte de papier peint, et Paul Ryan est rentré chez lui avec du sang coagulé sous le nez, parce qu'on ne voyait plus rien par la fenêtre d'Osobé.

Il était venu en Irlande avant ma naissance, dans les années cinquante. Il aurait détonné dans n'importe quelle ville irlandaise, avec ses cheveux noirs plantés comme des aiguilles de conifère, ses yeux ombragés par le bord de son chapeau brun. Il avait acheté le pavillon, une maisonnette délabrée de deux pièces, à un propriétaire étranger à la ville, qui pensait qu'Osobé resterait un mois ou deux. Mais, selon mon père, un énorme camion chargé de centaines de rouleaux de papier peint s'était arrêté devant le pavillon pendant le premier été de son séjour. Osobé et deux costauds de Dublin avaient porté tout le papier à l'intérieur ; plus tard, il avait accroché une pancarte à sa fenêtre : PAPIER PEINT À VENDRE – DEMANDEZ ICI. On chuchotait que le papier avait été volé, qu'il avait été importé du Japon à un prix ridicule, faisant du tort aux grossistes irlandais. Pendant un mois, personne n'en a acheté, jusqu'à ce que ma tante Moira, qui avait acquis une réputation désastreuse pour s'être enivrée avec Brendan Behan dans un pub républicain de Dublin, frappe à sa porte et lui commande un motif floral avec une pointe de rose pour son salon.

Osobé, sur sa bicyclette noire, s'était rendu chez elle en longeant la rivière. Des rouleaux de papier, des boîtes de colle, des couteaux et des brosses étaient empilés dans le panier devant lui. Ma tante disait qu'il avait très bien travaillé, et les gens pouvaient toujours marmonner en sortant de la messe le dimanche matin. « Il était aussi silencieux qu'aujourd'hui, me racontait-elle. Pas plus de bruit qu'une marmotte, et on devrait s'en tenir là. C'est un brave homme, qui n'a jamais fait le moindre mal à personne. » Elle riait des bruits courant sur son compte.

Le temps que je vienne au monde, il était devenu une institution dans la ville, pas plus bizarre que le rédacteur du journal avec les mouchoirs qui pendaient de ses poches de pantalon, la marchande qui gardait les ballons de foot atterris dans son jardin, le soldat qui avait perdu sa main droite en combattant pour Franco. Quand ils le croisaient, les gens le saluaient d'un signe de tête et, au pub de Gaffney, on le laissait tranquille avec sa pinte de

Guinness matinale. Son affaire de papier peint prospérait, et de temps en temps, quand Kieran O'Malley, l'homme à tout faire de la ville, était malade, on l'appelait pour qu'il débouche des toilettes ou répare une porte faussée. On racontait qu'il fréquentait une jeune fille de Galway, une folle qui se baladait avec une troisième manche cousue à ses robes. Mais c'était à peu près aussi vrai que toutes les autres rumeurs – ou moins, en fait, puisqu'on ne le voyait jamais quitter la ville, pas même sur sa bicyclette.

Il parlait un anglais hésitant et, dans les boutiques, il chuchotait pour demander un paquet de cigarettes ou un pot de confiture. Il ne portait jamais son chapeau marron le dimanche. Les gamines pouffaient quand il passait devant elles dans la rue, une ombrelle japonaise rouge au-dessus de la tête.

J'avais seize ans lorsqu'il a accroché une autre pancarte à sa porte d'entrée : il cherchait de l'aide pour poser du papier peint. L'été était chaud, le sol complètement desséché, il n'y avait pas de travaux saisonniers dans les champs. Mon père se plaignait, le soir au dîner, des terribles ravages que l'émigration exerçait sur son entreprise de pompes funèbres. « Tout le monde part ailleurs pour mourir, disait-il. Même cette Mme Hynes qui s'accroche de toutes ses forces. » Un soir, ma mère est venue s'asseoir près de mon lit, se tordant nerveusement les doigts. Elle a marmonné à voix basse que je devrais travailler pour le Japonais, que j'étais assez grand à présent pour mettre du pain sur la table. J'avais remarqué qu'il n'y avait plus de raisins de Corinthe dans le pain qu'elle cuisait à la maison.

Le lendemain matin, en vieux pantalon de travail et

chandail de laine bleue, je suis allé frapper furtivement à la porte d'Osobé.

La maison était remplie de rouleaux de papier peint. Ils étaient empilés les uns sur les autres tout autour du salon, rendant difficile l'accès à la petite table et aux deux chaises en bois. La plupart des rouleaux étaient de couleur sourde, mais ils formaient un curieux assemblage de fleurs, de plantes grimpantes et de formes bizarres entremêlées. Les murs eux-mêmes avaient été tapissés de douzaines de papiers différents, et il régnait une lourde odeur de colle. Sur le sol, d'innombrables rangées de petites poupées en papier étaient posées, le visage peint de façon presque comique. Un vieux philosophe, une jeune fille, une vieillarde ratatinée, un soldat. Une rangée de livres japonais était appuyée contre un mur. Posée dessus, une casserole pleine de tranches de pain. Des paquets de cigarettes jonchaient le sol. Il y avait une collection de galets sur la cheminée. J'ai remarqué de nombreuses pièces de monnaie et quelques billets d'une livre éparpillés dans la maison, et un billet de vingt livres glissé sous une lampe. Une bouilloire sifflait sur le fourneau et il a rempli de thé deux tasses en porcelaine.

« Bienvenue », a-t-il dit. La soucoupe tremblait entre mes doigts. « Il y a gros travail dans maison. Toi m'aider ? »

J'ai hoché la tête et bu une gorgée du thé, qui était particulièrement amer. Ses mains étaient longues et grêles, parsemées de taches de vieillesse. Une chemise grise pendait mollement sur ses minces épaules.

« Tu vas chez toi prendre bicyclette, cet après-midi on commence. Très bon ? »

Nous sommes partis ensemble pour la vieille

maison des Gorman, qui était restée vide trois ans. Pendant que nous pédalions, Osobé sifflait, et les gens dans leur maison, ou ceux qui passaient en voiture, nous suivaient du regard. Cinq rouleaux de papier peint vert pâle étaient posés en équilibre sur le panier à l'avant de son vélo. Je portais deux boîtes de colle de la main droite tout en maniant le guidon de l'autre. J'ai aperçu Paul Ryan qui traînait près de l'école, il fumait un long cigare. « Tu vas attraper des yeux bridés si tu t'astiques trop, Donnelly ! » a-t-il crié, et j'ai baissé la tête vers le guidon.

La maison des Gorman avait été achetée par un milliardaire américain trois mois plus tôt seulement. Le bruit courait parmi les garçons de l'école que l'Américain conduisait une immense Cadillac, qu'il avait cinq filles blondes qui adoreraient la discothèque de la ville, et on savait de source sûre qu'elles batifolaient derrière les meules de foin. Mais, quand nous sommes arrivés sur nos bicyclettes, il n'y avait personne. Osobé a sorti un jeu de clés de sa salopette, il a lentement parcouru la maison en montrant les murs, soulevant derrière lui de petits nuages de poussière. Nous avons fait cinq voyages, ce jour-là, portant chaque fois des rouleaux de papier peint et de la colle. À la fin de la journée, alors que j'avais transporté une échelle de chez lui sur mon épaule, il a sorti un billet flambant neuf de dix livres et me l'a donné.

« Demain on commence, a-t-il dit, puis il s'est légèrement incliné. Tu vas vite sur vélo. »

Je suis sorti. Le soleil se couchait sur la ville. J'entendais Osobé fredonner à l'arrière-plan tandis que je sautais en selle et repartais chez moi, l'argent tout au fond de ma poche.

Cet été-là, je lisais des livres dans ma chambre, et j'aurais aimé qu'Osobé me raconte un épisode fabuleux de son passé. Je voulais, je crois, posséder quelque chose de lui, que son histoire m'appartienne.

Elle aurait à voir avec Hiroshima, avais-je décidé, avec les enfants du *pikadon*, de l'explosion. Il y aurait des poteaux télégraphiques et des troncs d'arbre noircis, une étendue désolée de béton, l'unique coque restante d'un immeuble. Des gens au visage en fusion courraient comme des fous dans les rues. Des cadavres gonflés flotteraient avec le courant sur le fleuve Ota. Les ardoises des toits bouillonneraient. Osobé cracherait sur les soldats américains et britanniques, assis, mâchant du chewing-gum, sous les cerisiers en fleurs calcinés. Peut-être, dans son histoire, tendrait-il la main vers le visage suppurant d'une jeune fille. Ou il masserait le cuir chevelu brûlé d'un garçon. Une amie à lui, en voyant son reflet dans un bol de soupe, hurlerait. Peut-être fuirait-il vers les collines sans jamais s'arrêter. Ou il partirait simplement sur des routes étroites, chaussé de sandales en bois, une sébile à la main. Ce serait un enfer bouddhiste particulier, son histoire, et un B-29 bourdonnerait constamment dans les nuages.

Mais, la plupart du temps, Osobé gardait le silence. Dans la grande et vieille maison, il étalait de la colle sur les murs en longs gestes souples, fredonnant doucement tandis que les pièces prenaient de la couleur. « Sean, me disait-il dans son drôle d'anglais, un sourire en coin sur le visage, un jour tu seras grand colleur de papier. C'est important travail. On rend les gens heureux, ou tristes si on fait mauvais boulot. »

Il achetait de grandes bouteilles de soda à l'orange

et des paquets de biscuits qu'il étalait par terre à l'heure du déjeuner. Un matin, il a apporté une radio, choisi une station pop de Dublin, et balancé son vieux corps sur la musique. Une fois, pour rire, il a fauché une échelle sur laquelle j'étais monté et m'a laissé suspendu au cadre de la porte. Il était adroit avec un couteau, il découpait le papier peint d'un seul geste régulier. À la fin de la journée, il fumait deux cigarettes, me permettant de tirer la dernière bouffée de chacune. Puis il s'asseyait dans la position du lotus devant un mur fraîchement tapissé et hochait la tête, souriant avec douceur, en se balançant d'avant en arrière.

« C'est comment, le Japon ? » lui ai-je demandé un soir, alors que nous rentrions à vélo. J'avais les paumes glissantes de sueur.

« Pareil que partout. Pas beau comme ça, a-t-il répondu en embrassant largement les champs et les collines.

— Pourquoi êtes-vous venu ici ?

— Il y a si longtemps. » Il a posé un doigt sur son nez. « Me rappelle pas. Désolé.

— Vous avez fait la guerre ?

— Tu poses beaucoup questions.

— Quelqu'un m'a dit que vous étiez à Hiroshima. »

Il a ri aux éclats en se tapant sur les cuisses. « J'ai pas réponse. » Il a continué à pédaler en silence.

« Hiroshima était endroit triste. Les Japonais parlent pas Hiroshima.

— Vous y étiez ? ai-je encore demandé.

— Non, non, a-t-il dit. Non.

— Vous détestez les Américains ?

— Pourquoi ?

— Parce que…

— Tu es très jeune. Tu devrais pas penser ces choses. Tu devrais penser faire bon travail avec papier peint. Ça c'est important. »

Nous allions à la maison tous les matins à huit heures. La pelouse était sèche et craquelée. Les fenêtres du troisième étage étaient noires de suie. Quand la radio jouait, on l'entendait dans toute la maison. Osobé travaillait avec une énergie extraordinaire. Dans la chaleur de l'après-midi, il roulait ses manches et je voyais les muscles de ses bras. Une fois, quand la radio nous a parlé d'un tremblement de terre au Japon, il a pâli et dit que le pays souffrait trop.

Je me suis mis à descendre au pont le soir avec mes copains, pour boire des bouteilles de cidre achetées avec l'argent que je gardais en cachette de mes parents. J'ai aussi commencé à m'acheter des cigarettes. Je lisais des livres sur la Seconde Guerre mondiale et j'inventais des mensonges prodigieux sur lui : il avait été dans cette ville au sud du Japon quand la bombe avait été lâchée, sa famille avait été réduite à des ombres sur les murs de la mairie, des empreintes humaines sur le béton éclaté. Il s'était trouvé à quinze kilomètres de l'épicentre de l'explosion, disais-je, à l'abri d'un bâtiment ; il portait un pantalon orange et bouffant de charpentier, avec un grand chapeau de paille. Il avait été jeté au sol, et quand il s'était réveillé la ville hurlait autour de lui. Il avait fui toute cette horreur, avait parcouru le monde, et avait fini par échouer à l'ouest de l'Irlande. Mes copains sifflaient entre leurs dents. Ils poussaient la bouteille vers moi, sous le pont.

De temps en temps, mon père et ma mère

cherchaient à en savoir plus long sur Osobé, sous forme de questions voilées, détournées, qu'ils glissaient au dîner, quand je leur avais remis la plus grande partie de ma paie.

« C'est un drôle de zèbre, celui-là, disait mon père.

— Il cache quelque chose, d'après moi, renchérissait ma mère, la fourchette tintant contre ses dents.

— Il est un peu marteau, hein, Sean ?

— Oh, il n'est pas méchant.

— Il paraît qu'il a vécu au Brésil quelque temps.

— Ça m'étonnerait pas, disait ma mère.

— Il ne me raconte rien », disais-je.

Pour ce que j'en savais, en réalité, il s'était retrouvé dans notre ville sans raison particulière, et il avait décidé de rester. J'avais un oncle au Ghana, un frère aîné au Nebraska, un lointain cousin qui travaillait comme puisatier près de Melbourne, et rien de tout ça ne me semblait bizarre. Osobé était sans doute un homme de leur espèce, un nomade, un marginal, même si je ne voulais pas qu'il le soit. Je voulais qu'il soit davantage.

Nous avons travaillé ensemble durant tout cet été torride, nous avons fini la maison des Gorman et commencé quelques autres. J'aimais bien à présent grimper les routes à vélo le matin, flanquer de la colle sur les murs, inventer des bobards pour mes amis sous le pont. Certains de mes copains travaillaient chez le marchand de *fish and chips*, d'autres rentraient le foin, et deux vendaient des balles de golf au club. Tous les soirs, j'inventais de nouvelles histoires sur Osobé, et le petit feu que nous entretenions éclairait leur visage. Nous buvions tous à la bouteille, goulûment, fascinés par la terreur et le prestige qui se dégageaient de tout ça. Des boules de feu avaient sillonné la ville pendant sa fuite, leur disais-je. Les gens couraient avec des sacs de riz dans leurs mains en fusion. Un moine shintoïste récitait des prières pour les morts. D'étranges touffes d'herbe poussaient à l'endroit où les pruniers avaient auparavant fleuri, et Osobé avait quitté la ville, à moitié nu, la gorge et les yeux enflammés.

Osobé m'a ouvert la porte un matin, vers la fin de l'été. « Tous les boulots presque finis, a-t-il dit. On fête avec tasse de thé. »

Il m'a guidé doucement par le bras vers la chaise au milieu de la pièce. En regardant autour de moi, j'ai remarqué qu'il avait recommencé à tapisser. Il avait recouvert l'ancien motif. Il n'y avait pas de cloques, pas de faux raccords, pas de bavures de colle. Je l'ai imaginé veillant tard dans la nuit, fredonnant en regardant les couleurs se refermer autour de lui. Dans le reste du pavillon, une profusion de bricoles – des plats et des tasses, un éventail oriental, des tranches de fromage entourées de papier, un futon roulé dans un coin. Un billet de vingt livres était posé sur le petit radiateur à gaz près de la table. Un autre billet de dix livres traînait sur le sol. Son chapeau marron était accroché à la porte. Il y avait des pinceaux partout.

« Tu as bien travaillé, a-t-il dit. Bientôt reprends l'école ?

— Dans quelques semaines.

— Un jour tu colleras papier ? Encore ? Si je trouve travail pour toi ? »

Avant que je puisse répondre, il s'était levé d'un bond pour ouvrir à un chat roux qui avait gratté à la porte. C'était un chat errant. On le voyait souvent se faufiler derrière la friterie pour attendre des restes. John Brogan avait une fois essayé de l'attraper avec un filet géant, mais il n'avait pas pu. Il échappait à tout le monde. Osobé s'est accroupi et, faisant de grands gestes comme s'il allait le malmener, il a réussi à le faire approcher. Ses bras maigres décrivaient des arcs réguliers, presque à la façon d'un moulin à vent. Le chat ouvrait de grands yeux. Puis Osobé l'a soulevé violemment, l'a retourné sur le dos, l'a immobilisé d'une main et, de l'autre, l'a caressé sur le ventre avec rudesse. Le chat a renversé la tête en arrière et ronronné. Osobé s'est mis à rire.

Un instant, j'ai éprouvé une haine féroce pour lui et ses manières calmes, ses flâneries tranquilles de l'été, sa banalité, tout ce qu'il était devenu. Il aurait dû être un héros ou un extralucide. Il aurait dû me raconter une histoire incroyable que j'aurais portée avec moi pour toujours. Après tout, c'était lui qui avait couru le long de la plage en suivant un marsouin, qui emplissait ses poches de galets, qui pouvait soulever le chat de gouttière orange.

J'ai regardé autour de la pièce pendant qu'il se penchait sur le chat, le dos tourné. J'espérais trouver quelque chose, un journal intime, une photo, un dessin, un insigne, n'importe quoi qui m'en dirait plus long à son sujet. Jetant un coup d'œil par-dessus mon épaule, j'ai tendu la main vers le radiateur, pris le billet de vingt livres et l'ai fourré dans ma chaussette, puis j'ai tiré mon pantalon par-dessus. Je me suis assis à la table, les mains tremblantes. Au bout d'un moment, Osobé s'est retourné et il est venu vers moi le chat dans les bras, le caressant du même geste rude. Il a plongé la main droite dans sa salopette et m'a donné cent livres en billets de dix tout neufs. « Pour toi l'école. » Je sentais l'autre billet remonter dans ma chaussette, et comme je passais la porte à reculons une sensation de nausée m'a envahi.

« Tu as fait très bon travail, a-t-il dit. Reviens visiter moi. »

Plus tard seulement, je me suis rendu compte que je n'avais pas eu la tasse de thé qu'il avait proposée.

Ce soir-là, imbibé de cidre, j'ai quitté le pont d'un pas vacillant et je me suis engagé dans la rue où Osobé habitait. Grimpant derrière la maison, j'ai franchi la haie, longé des pots de fleurs et, quand je suis arrivé à la fenêtre, une vieille brouette a ferraillé. Il était là, à flanquer de la colle sur les murs en arcs réguliers. J'ai compté cinq couches différentes, le mur avait dû se rapprocher de lui d'un bon centimètre. Je voulais qu'il bâcle le travail cette fois, qu'il ne lisse pas les lés, qu'il brandisse son couteau de façon négligente, mais il s'y prenait comme toujours, avec souplesse et précision. Il fredonnait sans arrêt, et moi je me tenais devant la fenêtre, soûl, faisant tinter dans ma poche la monnaie du billet de vingt livres.

Des années plus tard, alors que je prenais l'accent anglais dans l'East End de Londres, j'ai reçu une lettre de mon père. Les affaires étaient toujours médiocres et une nouvelle vague d'émigration avait laissé ses fameuses cicatrices. La vieille Mme Hynes n'avait toujours pas cassé sa pipe. Cinq des HLM étaient vides désormais, et même la maison des Gorman avait été revendue. L'Américain n'était jamais arrivé dans sa Cadillac avec ses cinq filles blondes. L'équipe de hurling avait encore perdu tous les matches de l'année. La récolte de foin avait été exceptionnelle.

Dans la dernière page de sa lettre, il me disait qu'Osobé était mort. Le corps n'avait pas été découvert avant trois jours, quand ma tante Moira était venue lui apporter un panier de fruits. Mon père racontait que, lorsqu'il avait pénétré dans la maison, la puanteur était si atroce qu'il avait failli vomir. Les enfants se rassemblaient devant la porte, les mains sur le nez. Au pub de Gaffney, il y avait eu une collecte, qui avait gagné les rues. Les gens jetaient de généreuses sommes d'argent dans un grand chapeau marron que le propriétaire de la friterie présentait de porte en porte. Ma tante lui avait choisi un beau cercueil, bien que quelqu'un ait dit qu'il aurait pu s'en offenser, qu'on aurait dû le renvoyer au Japon pour être incinéré. Elle a dédaigné cette idée et composé un bouquet de fleurs pour lui.

Il y a eu une réception le soir de l'enterrement, et des rumeurs ont circulé – de plus en plus délirantes selon la profondeur de la bouteille de whisky. En tout cas, presque tout le monde était sûr à présent qu'il avait été une victime d'Hiroshima. Tous les jeunes garçons qui avaient travaillé pour lui pendant les mois d'été avaient appris des détails frappants sur ce matin terrifiant du mois d'août. Il avait quitté la ville chaussé d'une paire de sandales en bois. Toute sa famille avait été tuée. Elle s'était volatilisée. C'était un homme en fuite. Mais, ajoutait mon père, aux petites heures du matin, quand les brumes de l'alcool s'étaient dissipées, on s'était accordé à dire qu'Osobé était un type bien, quelle qu'ait pu être son histoire. Au fil des années, il avait employé beaucoup de jeunes gens, les avait traités honnêtement, les avait bien payés, et leur avait fait des confidences sur sa vie. On riait de la bizarrerie que son accent avait acquise à la fin – lorsqu'il allait à la boutique acheter des cigarettes, il se penchait sur le comptoir et chuchotait : « Un paké de pipes, siloupié. » Ne plus voir Osobé portant cette grande échelle sur son vélo manquerait beaucoup aux gens de la ville.

Le plus curieux, ajoutait mon père, c'était que, quand il était entré dans la maison afin de récupérer le corps, la pièce lui avait paru très petite. La coutume était de brûler les draps et de gratter le papier peint des murs quand quelqu'un était mort depuis si longtemps. Or, quand il avait pris un couteau pour arracher le papier, il avait découvert qu'il était épais d'une cinquantaine de centimètres, ce qui n'apparaissait pas au premier coup d'œil. Des couches et des couches de papier peint. On aurait dit qu'Osobé avait refermé les murs sur lui-même, sans doute un effet psychologique provoqué par la bombe. Parce que le papier était si épais, la mairie avait simplement décidé d'abattre la maison, enfouissant dans les décombres tout ce qu'Osobé avait possédé. On n'avait trouvé aucun indice, pas de lettres, pas de dossier médical, rien pour indiquer qu'il avait échappé à ce moment atroce.

Ce soir-là, j'ai fait un tour sur mon vélo dans Londres. Je pédalais furieusement, sans but particulier, le sang battant à mes tempes, le front ruisselant de sueur. La chaîne grinçait. Une route d'Irlande s'est élevée devant mes yeux, une route d'herbe devenue ocre dans la chaleur de l'été, une mince silhouette en chapeau marron le long de la rivière, un chat de la couleur du soleil couchant, un mur qui se rapprochait par lents mouvements. La route

– disparue depuis longtemps – serpentait interminablement à travers des champs desséchés vers une plage grise. Je me suis retrouvé près de la Tamise au petit matin. J'ai laissé tomber un unique billet de vingt livres dans l'eau et je l'ai regardé s'éloigner en tourbillonnant avec le courant, très lentement, très simplement, vers quelque mer ultime pour célébrer les morts, leur mort, et aussi leur agonie.

À travers le champ

Vous comprenez, ce qu'il y avait, c'est que l'herbe vous arrivait presque aux oreilles. L'air était chaud dans le champ – aussi chaud qu'un bouc à trois zobs, comme dit Kevin –, et j'étais impatient de finir le boulot le plus vite possible, avant qu'on se prenne une bonne pluie et que tout le fourrage soit fichu. J'ai jamais vu un champ avoir si belle allure, une grande étendue d'herbe haute de près d'un mètre vingt, qui descendait vers le lit de la rivière où un jour Natalie a trouvé un serpent à sonnette. Quand le soleil tombait droit dessus et que le vent soufflait de la rivière, on aurait dit qu'on lui avait fait une sacrément bonne coupe de cheveux.

J'aurais bien voulu qu'il soit à moi, ce champ-là, mais on le louait à Cunningham. On allait mettre dans les trois jours, entre le fauchage, le râtelage et la mise en andains. On se ferait dans les quarante, cinquante balles de foin, et on allait se ramasser un joli petit bénéfice, d'après moi. Kevin se disait qu'il allait peut-être acheter du papier pour la chambre de

Natalie – elle a passé l'âge du rose bonbon –, ou simplement Delicia et lui se la couleraient douce pendant un jour ou deux. Moi, je voulais faire changer une soupape à ma camionnette.

Kevin et moi, on pouvait y travailler que le week-end, dans ce champ, vu que dans la semaine on était employés au centre de redressement. Le vendredi soir en question, Kevin gueulait qu'il fallait remplir le tracteur d'essence, qu'on puisse commencer. C'est un bon travailleur, Kevin, avec de gros bras noueux. Ça le démange toujours de se mettre à la tâche. Vous le regardez, même durant le déjeuner il trépigne. J'étais prêt aussi. J'avais mes nouvelles bottes, celles qu'Ellie m'a achetées chez Reid. On voulait faucher tant qu'on pouvait, jusqu'à la nuit tombée. On faisait le plein, ça oui, sauf qu'on s'est mis à discuter de toute cette histoire à propos de Stephen Youngblood, le môme qui a tué un type près de Nacogdoches. Kevin, il a eu froid dans le dos quand je lui ai raconté ce qu'il avait dit, ce petit. Il s'est mis à frissonner, Kevin, et il est parti à la maison chercher sa famille et la mienne. Ce soir-là, on a presque rien fait.

Je m'occupais du parc au centre de redressement depuis tantôt trois ans maintenant, et, pendant tout ce temps, j'avais jamais vu un homme aussi obstiné quand il désirait savoir quelque chose que ce Ferlinghetti. Il était venu de l'université du Texas, comme ils font des fois, pour travailler sur le terrain. On lui avait assigné les grands délinquants juvéniles. Il était pas jeune comme les autres étudiants. Il avait à peu près mon âge. Il était plutôt gros, et une fois j'ai entendu l'un des gars dire que c'était une grosse merde dans un petit boudin. Ce qui m'a fait rigoler. Mais il était pas si gros, et il avait ces yeux bleus, bleus comme le bleu qu'on a par un matin d'hiver. Et dis donc, ce qu'il savait les faire parler, ces mômes !

À vrai dire, la plupart des employés du centre, ils aiment pas trop les étudiants en sociologie. Ils arrivent avec leur sujet, et ils croient qu'ils vont sauver le monde. Y a personne qui peut sauver le monde, sauf peut-être Jésus, mais même Jésus devait pas être dans son assiette quand Il avait fait la plupart des gosses du centre. Et peut-être aussi quand Il avait fait le centre, vu qu'il a pas trop l'air d'une prison. C'est plutôt comme un lotissement, avec une barrière autour et des pavillons pour les gosses. Mais c'est grand et aéré, avec de l'herbe, des arbres et des fleurs, ce qui est une bonne chose, à mon avis, parce que ça nous donne un boulot, à Kevin et à moi. Y a pas d'uniformes pour les gosses non plus. Ce qui choque le plus les gens, c'est que l'endroit les choque pas. Ça paraît ordinaire, tout simplement. Les gosses, ils marchent en rangs par deux sur le trottoir, pendant que les gardiens patrouillent dans des fourgonnettes et des breaks. Et pas la queue d'un flingue.

Ces jeunes, la plupart – même ceux qui sont là pour meurtre –, ils sont un peu comme ceux qu'on voit traîner près du Sonic ou faire du skateboard devant la supérette. À mon sens, Stephen Youngblood était encore un de ces gamins qui se sont fichus dans la mélasse sans pouvoir s'en sortir. Mais Ferlinghetti, il pensait avoir ferré le gros poisson pour lui et ses études de psy.

Stephen était un petit blond sec et nerveux, tout couvert d'acné. On aurait pu le noyer en lui crachant dessus. Il avait des lunettes, mais il les gardait dans sa poche arrière. Elles le gênaient, je suppose. Il marchait toujours la tête basse, comme s'il cachait quelque chose. Vous croiriez pas qu'il a fait ce qu'il a fait. La plupart du temps, Ferlinghetti et lui étaient dehors, sur le banc près du chêne. Ferlinghetti lui parlait, en le regardant bien en face, les mains sur son ventre, et en hochant la tête. Il avait l'air d'un vautour sur une branche, à la recherche de viande morte.

Les gosses étaient censés voir un éducateur vingt ou vingt-cinq minutes par semaine, mais Ferlinghetti, bon sang, il devait lui casser les oreilles deux ou trois heures à chaque séance.

J'étais dehors la première fois qu'ils ont parlé, je travaillais sur une plate-bande près du banc, et Stephen lui débitait le topo habituel que les gosses réservent à leurs nouveaux éducateurs. « J'ai tué William Harris le 9 décembre il y a deux ans. J'ai eu une condamnation incompressible de trente ans. » Ils apprennent à le dire comme ça, dans le groupe des Grands Délinquants. Au bout d'un moment, ils le disent sans une trace d'émotion, vu qu'ils l'ont sorti des centaines de fois.

Stephen rejetait ses cheveux blonds de ses yeux, le regard fixé droit devant lui, quand Ferlinghetti, tout d'un coup, a changé de sujet. Vous savez, les éducateurs, la plupart, ils prennent un air grave et triste, et ils disent : « Tu voudrais en parler, Stephen ? » Et Stephen aurait répondu : « Ouais, j'crois », parce qu'il sait qu'il serait pas dans la merde s'il disait non. Alors l'éducateur aurait dit : « Eh bien, Stephen, ça te fait quelle impression ? » Et Stephen, il dirait : « C'est moche. » Et ça continuerait comme ça jusqu'à tant que l'éducateur parte écrire son rapport CF 114.

Mais pas Ferlinghetti. Il regarde Stephen et il hoche la tête. Puis il se met à parler de base-ball, de football et de heavy metal. Bon sang, c'est tout juste si je pisse pas dans mon froc tellement je rigole, le plantoir à la main. Je suis resté près de la plate-bande à les écouter parler d'un batteur anglais qu'a eu le bras coupé dans un accident de voiture. Et puis Ferlinghetti, il dit au revoir et il s'en va, en tortillant son gros cul comme un canard. Et Stephen, on aurait dit qu'on l'avait assommé avec un bâton.

Après ça, ils se sont mis à se voir tout le temps. Et toujours sur le banc en ciment, sous le chêne. La plupart des autres éducateurs, ils aiment avoir un bureau, un endroit pour parler en privé, mais pas Ferlinghetti. Dehors, au grand air ; il était comme ça. Et mon vieux, qu'est-ce qu'il a pu lui tirer les vers du nez, à ce môme !

Stephen et moi, on travaillait ensemble aussi, des fois. Les gosses, on leur confie les fleurs ou le désherbage, ça dépend de leur niveau. Stephen se débrouillait bien – il était dans les anciens –, et on l'a mis avec moi. Ils sont dans les trois cents, ces gosses, et dans le lot, vingt grands criminels peut-être, alors on entend de tout. Y en a, ils ont rien fait de pire que pisser sur la brosse à dents de leur maman. Mais y en a un, il pendait des bébés à des rubans de Noël si un de ses deals foirait. Un autre a fait sauter le caisson à son copain pour une fiole de crack. Une fille, elle a filé quarante coups de couteau à son vieux.

Kevin, il est pas comme moi. Il travaille là depuis douze ans, et il aime plus entendre les histoires. Il dit qu'au bout d'un moment on veut plus rien savoir. Vous marchez la tête baissée et vous tondez la pelouse avec la tondeuse la plus bruyante que vous avez pu trouver, vos oreilles se mettent à tinter et vous entendez même pas la cloche du déjeuner. Même quand Delicia vient le chercher à l'entrée tous les jours, il monte dans le break, elle lui demande ce qui se passe, et lui il répond : « Toujours pareil, toujours pareil, chérie. »

Kevin et moi, on a démarré le champ au printemps. Cunningham nous a prêté le tracteur et le reste du matériel ; on a labouré fin mars, et on a semé l'herbe le lendemain. Ce soir-là, après avoir fini de semer, on s'est pris une bouteille, on s'est assis au bord de la rivière et on s'en est payé une bonne tranche.

On en prenait soin, de ce champ, Kevin et moi, même s'il était pas à nous. Dieu sait pourquoi on a voulu se lancer là-dedans. Un soir, on était là à rien faire, on causait, et tous les deux on s'est mis à parler d'élevage. Vous comprenez, l'année dernière y a eu une sécheresse, et certains éleveurs ont manqué de foin pour le bétail. On voulait juste commencer par quelque chose de modeste. L'année prochaine, on va se planter du sérieux. Kevin a un pote qui travaille à la graineterie de Polk Street. Il a dit qu'il pouvait nous avoir des graines pour pas un rond, et on a dit d'accord. Le champ était à huit kilomètres et il était en friche. On a téléphoné au vieux Cunningham, et d'abord il a rigolé. Il avait pas le temps de plaisanter, il disait. Mais à la fin on l'a eu, le champ, et pour pas cher encore.

Le soir, on rentrait du centre, on se prenait quelques bières et on regardait notre herbe pousser.

Le millet blanc a des feuilles larges et une tige étroite. Il pousse à près d'un mètre vingt.

C'était vachement agréable d'être là. Assis à l'arrière de mon pick-up, on regardait les étoiles. Kevin montrait les satellites qui se déplacent entre elles. Temps en temps, on entendait le hurlement d'un coyote. Je voulais tirer sur ces créatures – avant, on pouvait toucher de l'argent quand on les tuait –, mais Kevin disait qu'ils ont jamais fait de mal à personne. Il doit avoir raison. Y a assez de tueries sans qu'on s'y mette avec les coyotes. Quand Kevin a commencé au centre, y a dix ans, presque aucun gosse était là pour meurtre. Maintenant, y a plus que ça, pratiquement. Ça vous donne à réfléchir.

Kevin emmène souvent la petite Natalie dans le champ. Elle joue sur le chemin de terre et des fois elle grimpe aux arbres. Mais ça lui a flanqué une trouille bleue, à Kevin, quand elle a trouvé le serpent à sonnette dans le lit de la rivière. Elle avait six ans, alors, et elle a bien failli se faire mordre, bon sang ! Moi, je laisse mon Robert à la maison. Il a que quatre ans, il a pas besoin de jouer avec des serpents.

Ce vendredi soir, on devait commencer à faucher l'herbe. Le lendemain, on en couperait un peu plus, on la râtellerait et on en ferait de jolis andains. Puis on la retournerait régulièrement pour qu'elle sèche et, le lendemain, on la mettrait en balles. En fait, on a fini par être en retard pour tout le boulot, vu la façon que Kevin a pris l'histoire de Stephen. Au début, il écoutait pas trop, et moi, je continuais à parler, parler. Mais, à un moment, il m'a regardé, les yeux écarquillés, comme si je lui avais dit que c'était la fin du monde.

Ferlinghetti a tout fait raconter à Stephen, sauf pourquoi il s'est rendu à la police. J'ai jamais vu quelqu'un s'acharner autant sur un gosse pour lui soutirer un si petit renseignement. La plupart du temps, j'écoutais, chaque fois qu'ils étaient sur le banc. Ce que je trouve incroyable, c'est la façon que Stephen se confiait à Ferlinghetti : il lui racontait pratiquement tous les détails, sauf celui qu'il voulait vraiment connaître.

Une fois, j'ai vu Ferlinghetti lui filer du Red Man, ce qui est contraire au règlement. Il pleuvait assez fort mais Ferlinghetti avait son parapluie, et ils se serraient sur le banc. Je me dirigeais vers l'un des pavillons et je l'ai vu sortir le paquet de son manteau et le donner à Stephen. Mais je fais ça aussi, des fois. J'ai une boîte de Skoal, un gosse travaille avec moi, il meurt d'envie d'en tâter, alors je lui en donne une prise. C'est humain, après tout. Je crois que Ferlinghetti savait que, s'il donnait du tabac à Stephen, il pourrait l'amener à parler.

Stephen avait quatorze ans quand il a commis le crime. Il vivait dans un mobile-home près des bois de Piney. Il avait été dans l'un de ces foyers de baptistes mangeurs de poulet frit quelques années, à la suite d'un petit vol, mais sa maman l'avait repris. Il regardait beaucoup la télé et jouait avec sa Nintendo. Sa mère couchait avec n'importe qui pendant que son père travaillait dans l'Ouest aux champs de pétrole.

Elle recevait des visites assez régulières d'un type, Bill Harris, qui était marié et habitait près de Nacogdoches. Rien que du contreplaqué bon marché dans la caravane, et Stephen, il entend tout, les grognements, les gémissements, les claques sur la peau, les hurlements. Il se met en rogne et attaque Harris, qu'est couché dans le lit, avec une batte de base-ball. Il l'atteint deux ou trois fois, mais Harris lui décoche un coup de pied en pleine figure et l'envoie à l'hôpital, où on doit lui faire huit points de suture.

Stephen sort de l'hôpital et décide de rendre visite à la femme de Harris pour lui raconter ce qu'il fait, son mari. Il monte sur sa bécane à dix vitesses et il y va. Sauf qu'à mi-chemin il se fatigue et décide de voler une camionnette, l'un de ces pick-up Toyota où y a seulement écrit YO sur le hayon arrière. Il continue à toute pompe. Cette femme, Mme Harris, ou machin-truc-chose, fait entrer Stephen dans sa caravane. Elle le fait asseoir à la table de la cuisine.

Stephen dit à Ferlinghetti que le plus drôle, c'est que Mme Harris – c'est une rouquine – elle bronche même pas quand elle apprend que son mari couchaille à droite et à gauche. Elle se lève, passe les bras autour de Stephen et se met à lui frotter la poitrine en disant merci, merci, merci de m'avoir prévenue. Elle défait les boutons et tout. Elle descend vers la braguette. Il a quatorze ans. Il a la trique toute la journée n'importe comment, alors quand une vieille l'entreprend, vous pensez.

Il raconte tout ça à Ferlinghetti. C'est ce qui me scie. Il explique à Ferlinghetti comment elle se le fait, comment elle laisse du rouge à lèvres sur Pupuce le muscle d'amour, qu'elle ressemble à Woody Woodpecker, là-bas en bas, avec ses cheveux roux. Ferlinghetti le laisse dire des trucs comme ça. Ils ont l'air très sérieux tous les deux, dehors, sur le banc.

En tout cas, ce soir-là, Stephen rentre chez lui. Il abandonne le YO à l'entrée de la ville. Quand il arrive, Harris est parti. Sa maman lui a fait frire du blanc de poulet. Elle cuisine pas d'habitude, elle mange toujours des hamburgers du Sonic. Il s'assoit à table et mange très lentement. Elle lui demande si sa bouche lui fait mal, mais il lui dit que ça va. Il voit l'un des bandanas de Harris devant la porte de la chambre, mais il se contente de passer à côté.

Il se met à aller voir Mme Harris deux ou trois fois par semaine, sur sa bécane. Harris, il est dans les champs de pétrole, il sait foutrement rien de ce que sa femme fabrique. La rouquine, elle dit à Stephen qu'il est mignon et tout. Elle lui fait des sandwiches et du thé glacé. Assise sur les blocs de béton, elle lui fait de grands signes quand il s'en va. Stephen, il est content comme cochon.

En tout cas, un samedi, Harris rentre de bonne heure à son mobile-home. Personne l'attend. Stephen est là, au lit avec la rouquine, un vrai feuilleton télé. Harris le sort du lit et lui flanque des gifles. Stephen se fait salement rosser de nouveau, et il part sur sa dix vitesses. Quand il revient deux heures plus tard il a un fusil de chasse, un Marlin qu'il a volé sur le râtelier d'armes d'un pick-up. Il gare la camionnette. Il fait le tour par-derrière. Il se perche sur la boule de remorquage de la caravane, d'où il peut regarder dans la chambre. Harris est en train de troncher sa femme. Stephen a un peu chassé avant, et il prétend être un as à la carabine sur la Nintendo. Il lui tire droit dans le front. Harris s'écroule par terre. Stephen ouvre la porte et dit à Mme Harris de faire ses valises, ils partent. Il veut l'emmener en Floride. Il a vu la Floride à la télé.

Harris est toujours vivant sur le plancher. Stephen veut que Mme Harris dise : « Je t'aime, Stephen » devant son mari. Il a pété les plombs, Stephen. Et elle devient complètement folle. Penchée sur son mari, elle sanglote. Puis Stephen lui crie : « Embrasse-moi ! » Il a quatorze ans. « Embrasse-moi ! » Elle se lève et l'embrasse sur la bouche. Alors il va vers Harris, pose le canon sur la gorge de l'homme, appuie sur la gâchette et le tue. Il lui tire encore deux fois dans la poitrine. Tout ce temps, Mme Harris reste plantée là à hurler.

Ferlinghetti, pour moi, il voit ça comme le complexe d'Œdipe, parce qu'il demande à Stephen s'il aime sa mère et s'il croyait que Mme Harris était sa mère, ce genre de foutaise. En plus, il demande tout le temps ce qui s'est passé après, et pourquoi Stephen s'est rendu. Ils sont assis sur le banc deux trois fois par semaine, et il arrête pas de tourner autour du pot. Finalement, il y va carrément.

« Bon, alors, mec » – c'est ce qui me fait marrer ; ce type, Ferlinghetti, il emploie des mots comme « mec » et « le pied » et « cool » et « dingue » et tout ça – « pourquoi tu t'es livré aux flics ? »

Et Stephen, il répond rien. Il fait que répéter : « Parce que. »

Il lui a déjà raconté comment il s'était sauvé dans la forêt après avoir tiré sur Harris et l'avoir tué. Comment les flics étaient venus, des flopées de flics. Comment il s'était caché derrière un arbre, et attendait juste l'occasion d'y retourner et de demander à la rouquine si elle voulait aller en Floride. C'est tout ce qu'il veut, lui, aller à la plage avec toutes ces filles squelettiques. Il avait pas peur des flics, pas du tout. Il était sûr qu'ils allaient s'en aller. Il allait même laisser un mot à sa mère. *Je suis parti en Floride, à bientôt*. Ça grouille de flics, de pompiers et d'ambulanciers.

À un moment, il s'enhardit tellement, nom d'un chien, qu'il se faufile derrière la caravane et jette un coup d'œil par la fenêtre, pendant que les flics prennent des photos. Ferlinghetti le croit pas, je le vois bien, mais il s'en fout, Stephen. « À quoi ça sert de mentir ? qu'il dit. J'ai tué ce type, tout le monde le sait. »

Alors il retourne dans la forêt. Le soleil se couche. Il reste là deux trois heures, et après il va voir les flics, qui sont tous en train de boire du café sur les marches de la caravane, et il se rend.

Ferlinghetti, il lui redemande pourquoi, c'est très important pour lui, il dit. Il lui sert ses salades, comme quoi Stephen a besoin que quelqu'un le respecte, ce genre de bobard, mais Stephen, il dit toujours : « Parce que. » Moi, de ma plate-bande, j'écoute tout ça. Une ou deux fois, Stephen se retourne et me regarde. Je baisse les yeux pour faire croire que ça m'intéresse pas.

Un peu plus tard dans l'après-midi, on est là, à retourner et ratisser une plate-bande, Stephen et moi. Y en a d'autres qui sont censés travailler aussi, mais ils sont pas d'attaque, ils se reposent. Moi, je creuse à tout va, et Stephen, il bricole avec le râteau. Il a de longs bras maigres. Je sais pas pourquoi, il porte ses lunettes, ce qu'il fait pas d'habitude. Sur la figure, il a un peu de la poudre brune que les gosses se mettent pour couvrir leurs boutons. Il a l'air terriblement triste. Il lui faut longtemps, longtemps pour tirer le râteau par terre, même un petit peu.

Kevin, il est loin, de l'autre côté de la barrière, près des maisons du personnel, en train de désherber.

Alors je demande à Stephen ce qu'il pense des Cowboys et des Oilers et tout, sauf que je me mets à me dire que je dois lui rappeler Ferlinghetti, à poser toutes ces questions, alors je la boucle. Je veux pas avoir l'air d'un psy. Je retourne un peu de terre en sifflant, et je pense que c'est ce soir que Kevin et moi on doit commencer le travail dans le champ. Je me dis que je vais peut-être rentrer à la maison me taper un gros steak, boire un peu de Gatorade, aussi, ça requinque. Je regarde le ciel en me disant qu'il pourrait bien rester dégagé, quand Stephen se tourne vers moi. Il me regarde en face.

« J'avais peur du noir », il dit.

D'abord, je crois qu'il parle d'un Black, ce qui est curieux parce que « noir », c'est un peu démodé. Et puis je saisis. Il me regarde toujours, mais pourquoi il me raconte ça, j'en ai aucune idée. Je lui ai jamais posé de question, mais peut-être qu'il m'a vu les écouter, Ferlinghetti et lui, alors il se dit que je veux savoir. Maintenant il a le regard perdu dans le vide. Sa bouche tremble. Les bords de ses yeux sont tout rouges. Ça ressemble pas à un garçon qu'a mis un fusil dans la bouche d'un homme et lui a répandu la cervelle sur le plancher, qui volait des camions, qui couchait avec cette femme, tout ça. Il a l'air d'un gosse ordinaire. Il est là, debout, le râteau dans les mains, à regarder par-dessus la barrière.

« J'étais dans la forêt et il s'est mis à faire nuit, il dit. J'avais jamais été dans le noir comme ça. »

Moi, je creuse un peu plus et je dis rien. Je pensais à Ferlinghetti et ce qu'il pourrait en tirer. Stephen avait peur de rien d'autre – pas de tuer un homme, ça c'est évident, ni de voler, ni de tirer son coup quand il avait l'occasion. Je savais que c'était bizarre. Mais, dans les bois, il avait pas sa télé, ni rien. C'était peut-être ça qui lui faisait peur, d'après moi. Alors j'ai hoché la tête en disant : « Je sais ce que tu veux dire, mon vieux, je sais ce que tu veux dire. »

Je raconte tout ça à Kevin, et sa figure devient toute blanche. On est en train de mettre l'essence dans le tracteur. Il tient le gros jerrican rouge de vingt litres et moi l'entonnoir. Je sais pas pourquoi, ses mains se mettent à trembler comme s'il avait des frissons, et un peu d'essence coule sur le tracteur. « Peur du noir », dit Kevin, et il le répète, le répète. Il met la dernière goutte d'essence dans le réservoir, et puis il me dit qu'il revient dans une minute. Je le vois foncer vers mon pick-up et claquer la portière. Il laisse une nuée de poussière sur le chemin qui passe au milieu de notre champ. Je monte sur le tracteur pour le faire démarrer, mais Kevin a gardé les clés.

Alors je m'assois par terre et je plante un bout de bois dans une fourmilière. Je les regarde filer, les petites garces. Y en a des millions. Une fois, j'ai entendu dire que ces fourmis peuvent construire un nid profond de quatre mètres cinquante dans le sol. Elles peuvent aussi tuer un bébé si elles sont assez nombreuses. Elles se mettent à grimper le long de mes bottes, alors je monte sur le tracteur et je regarde à travers le champ.

Je me dis qu'il se fait vraiment tard. Je vois un peu de rouge à l'ouest. Y a même une étoile là-haut, déjà. Les derniers vautours sont dans le ciel. Je me demande où c'est qu'ils dorment, la nuit. Une chose est certaine, les grillons, eux, ils dorment pas. Ils se mettent à chanter, on dirait de la musique. Il fait presque nuit noire quand je lève les yeux, et je vois Kevin arriver sur la route dans le pick-up. Il a sa famille avec lui, toute la smala, sa femme Delicia, ses fils Lawrence et Myron, sa fille Natalie. Et puis je vois, assis à l'arrière du camion, ma femme Ellie et mon Robert. Tout le monde se tait. D'habitude, quand ils sont ensemble, ils font un de ces raffuts à parler et à rigoler !

Kevin descend, l'air drôle. Il porte sa chemise de travail, les manches roulées jusqu'en haut. Il a plein de rides sur la figure, le regard sérieux. Il aligne tout le monde au bord du champ derrière lui, sur une seule rangée. Ellie est en chemise de nuit et en pantoufles. Elle a des bigoudis dans les cheveux. Delicia, elle porte Myron, il est si petit. Lawrence a un ballon de foot sous le bras. Je fais semblant de boxer avec Robert, mais il bouge pas d'une oreille. L'herbe est si haute qu'elle dépasse la tête de tous les enfants. Personne dit rien. Tout est silencieux. Sauf les grillons.

Kevin me fait prendre le bout de la file et il commence à marcher à travers le champ. Tout le monde lui emboîte le pas, mais bientôt il se met à trotter et on trotte tous après lui, en écartant l'herbe des mains. Et puis il va plus vite, de plus en plus vite, et nous on fonce à travers ce champ, à travers l'herbe. J'entends les enfants rigoler, Delicia glousse un peu, et Ellie gueule quelque chose de dingue. Je tiens Robert par la main. Il donne des coups de pied aux tiges en passant. Kevin pousse de grands cris. Mon corps se détend, on dirait, et je me retrouve presque à danser à travers le champ. J'ai pas dansé comme ça depuis que la boîte a brûlé à Giddings.

Eh ben, on devait avoir l'air complètement idiots,

à courir comme ça à travers le champ avec nos gosses, alors qu'on avait tant de boulot. Mais je suivais en trébuchant, et j'entendais tout le monde rigoler. Je tenais la main de mon petit garçon, quand j'ai regardé au-dessus de l'herbe, et j'ai vu comme le ciel était devenu noir, comme il était grand et lourd, comme il nous était descendu droit dessus. On rigolait, mais là, j'ai su tout de suite ce qu'il faisait, Kevin. Il était pas si bête.

Une enfant volée

Padraic referme la lourde porte en chêne du foyer pour enfants et sort dans la clarté matinale de Brooklyn. Il regarde, de l'autre côté du fleuve, le soleil monter comme une blessure au couteau, laissant des traînées de lumière sale sur la ligne des gratte-ciel de New York. Il remonte son capuchon et traverse la rue. Derrière lui, il entend l'un des garçons donner des coups de pied à la porte, un bruit sourd et rythmé. Une fillette hurle de la fenêtre du deuxième étage. Au loin, une sirène de police se déchaîne. *Bon Dieu*, pense-t-il, *c'est pas un jour pour un mariage.*

Il ajuste son anorak bleu marine autour de ses épaules, met ses mains en coupe et allume la dernière cigarette de son paquet. Il inspire la fumée au fond de ses poumons, rectifie la position de ses lunettes et jette un coup d'œil au foyer où il vient de terminer son service de nuit.

Un groupe d'enfants aveugles passe la tête par les barreaux des fenêtres du rez-de-chaussée. Une fille à la tignasse flamboyante frappe son front contre les barreaux. Le blanc de ses yeux roule de façon obscène dans ses orbites. Il hausse les épaules pour lui indiquer que ce n'est pas sa faute mais, se reprenant, il se détourne, et une nouvelle fois tire fort sur la cigarette. Padraic entend un autre cri venu de l'intérieur de la maison. Il voit un camion de pain remonter la rue en toussant. Les fumées d'échappement languissent dans l'air, et un instant il songe à laisser ces vapeurs l'emporter, le long de la rue sombre, ponctuée de flaques, vers un endroit très différent.

À dix heures, la veille au soir, la petite Marcia, qui n'a que quatorze ans, a tenté de s'ouvrir les poignets avec un miroir en fer-blanc. Elle a pratiqué une incision perpendiculaire aux veines, tandis que Tammy hurlait sans relâche que c'était n'importe quoi, que la façon de procéder, c'était de trancher en longueur, dans le sens de la veine, et de bien déchirer, profondément. Quand les gamins de la section des garçons avaient appris qu'elle avait voulu se tuer, une sorte d'émeute avait éclaté. Jimi avait mis le feu au canapé du salon. Chocolate Charlie avait flanqué son pied à travers la porte en verre de la stéréo, et on avait dû retenir deux autres garçons. Presque tous les gosses, ces enfants aveugles oubliés, les laissés-pour-compte de la société, avaient passé la nuit à se taper la tête contre les murs, inlassablement – comme des oiseaux aux ailes brisées, incapables de décoller du sol.

Padraic jette son mégot au sol. Il marche vers la station de métro, balayant les détritus de son chemin. Dans l'une des maisons, il entend soudain une radio s'animer. Un rideau s'ouvre et le visage d'une femme emplit la vitre supérieure. Un vieil homme en manteau élimé est dehors sur les marches, il joue de la guimbarde en sifflant de la Miller. Il hoche la tête et offre la bouteille, mais Padraic refuse d'un mouvement vif du menton. Le vieil homme sourit.

« Trop tôt pour la picole ? demande-t-il.

— Trop tôt pour tout », répond Padraic.

Les marches de la station de métro sentent, comme d'habitude, la vieille urine, et Padraic les descend trois par trois en cherchant un jeton dans sa poche. Rien que de la menue monnaie. Il a laissé tous les jetons chez lui la veille au soir. Il jette un coup d'œil rapide. Personne au guichet, et presque pas de voyageurs, à part deux jeunes infirmières frissonnantes dans le froid, un gosse avec un tee-shirt proclamant *Botte-lui le cul, Van Halen*, et un petit homme d'affaires maigrichon qui lit un journal au bout du quai. Il saute par-dessus le tourniquet, s'engage sur la plate-forme et attend que le vent soit aspiré par le tunnel, portant le ferraillement de la machine.

Quand le D arrive, c'est un omnibus. Il s'assied seul dans un wagon sur un siège décoré de graffiti et se demande si Orla, sa femme, sera réveillée quand il arrivera à leur appartement. Ce sera agréable de se lover contre elle et de laisser passer la matinée. Ou de la sortir du sommeil pour qu'elle masse les nœuds qui se sont formés dans son cou.

À Brighton Beach, il tourne doucement la clé dans la serrure et gagne la chambre sur la pointe des pieds. Orla dort, un exemplaire de *High Windows* de Philip Larkins sur la poitrine. Il prend le livre, le feuillette, se penche sur elle et l'embrasse sur la joue.

« C'est pas un jour pour un mariage », dit-il.

Padraic était venu de loin, à travers un océan incompréhensible, d'un endroit appelé Leitrim, et quand Dana avait entendu sa voix pour la première fois elle avait pensé qu'il avait dû avaler un insecte ou un oiseau minuscule. Il se tenait au milieu de la salle commune pendant que les autres éducateurs le présentaient, *Padraic Keegan sera notre nouveau moniteur, tout le monde lui dit bonjour*. Elle a couru vers lui, passé les doigts dans ses cheveux raides, effleuré sa joue crevassée par l'acné, soulevé ses lunettes pour lui toucher les yeux. Finalement, un éducateur a dû lui crier d'arrêter. Plus tard, seule, elle s'est demandé si c'était un grillon ou une grive, ou bien une mante religieuse qu'il avait avalé.

À seize ans, en plein dans les affres et la maladresse de l'adolescence, elle portait des robes à motifs de fleurs impétueuses qui se jetaient à l'assaut de sa taille. Ses cheveux étaient couleur d'herbe brûlée. Elle les teignait de cette façon pour qu'ils ressortent contre sa peau noire.

Ses parents l'avaient abandonnée – son père était sorti acheter un paquet de cigarettes et n'était jamais revenu, sa mère s'était tournée vers les petites fioles blanches. Les autorités avaient trouvé Dana enfermée dans un placard, maigre comme un clou, aveugle comme les souris qui courent dans les comptines, alors que sa mère, assise au coin de la pièce, se balançait sur les demi-pointes, un bouquet de pipes de crack autour des pieds. Quand elle avait vu les insignes, elle s'était contentée de hausser les épaules. *Prenez-la, elle est plus à moi.*

Pendant sa première semaine de travail, Padraic avait étudié son dossier – elle avait avalé des gorgées de Crésyl, tenté de se pendre avec ses lacets, déféqué sur la brosse à cheveux d'une éducatrice, tondu une autre fille. Le soir, il s'asseyait pour lire et relire le dossier, essayant de s'y retrouver dans la foule de signatures rapides qui encombraient le bas des pages. Il l'observait dans la salle commune où elle tripotait les rideaux. Une fois, dans la buanderie, à l'arrière du foyer, il l'a vue prendre un aérosol de peinture et en barbouiller les vêtements d'une autre fille. Il lui parlait de choses ordinaires – elle devait apprendre à bien plier sa serviette, à maîtriser ses impulsions, à tenir un crayon correctement, cesser de se ronger les ongles jusqu'au sang. Parfois, il essayait de lui décrire les couleurs, mais les mots s'emballaient, perdaient tout leur sens. Il avait la charge de pas mal d'enfants – sept garçons et trois filles –, mais Dana lui prenait la majeure partie de son temps.

« Tu sais ce que ton nom signifie ? lui a-t-il demandé un soir, au moment où ils se mettaient à table.

— C'est rien qu'un nom.

— Ma foi, le tien est un peu différent.

— Ouais, vous parlez.

— Bon. » Il a remué sa fourchette avec bruit autour de son assiette.

« Non, a-t-elle dit brusquement. Expliquez-moi. »

Tard dans la soirée, il lui a parlé de Dana, la déesse irlandaise qu'on croyait venue d'Afrique du Nord dans les temps anciens. Dana était à la tête d'une tribu de druides, les Tuatha de Dannan. Ils avaient débarqué par un beau matin de mai et conquis le pays en chassant les Firbolgs, les hommes à la grosse bedaine, qui vivaient dans une contrée sauvage où les arbres se chevauchaient d'un océan à l'autre. Elle avait des pouvoirs magiques et contrôlait la mer, la brume, le soleil, et même les bruits et les formes du matin. Sa tribu avait creusé des tunnels à travers de vastes montagnes et construit des forts enchantés près de la mer. Ces hommes et ces femmes détenaient quatre talismans d'une grande puissance – la longue épée et la lance qui n'avaient jamais été vaincues, la pierre de la destinée, et le chaudron bouillant, pour les châtiments.

« Vous voulez dire qu'ils faisaient bouillir les gens ?

— Ouais, peut-être.

— Génial. » Dana faisait tinter sa fourchette. « Vous me racontez pas de conneries ?

— Pas du tout.

— C'était une sorcière, un peu ?

— Pas vraiment. Si tu veux, je te lirai des passages dans un livre.

— Vous parlez drôlement », a-t-elle dit en pouffant.

Pendant des semaines, par la suite, elle a posé des questions à Padraic. Quel âge avait Dana ? Comment était-elle morte ? Était-elle noire ? Aveugle ? Portait-elle des vêtements de couleur ? Il y avait des questions auxquelles il ne pouvait répondre. Parfois, elle marchait d'un pas raide dans les couloirs du foyer, une serviette de toilette drapée autour d'elle comme un châle, se cognant aux portes et aux bacs à fleurs. Elle écoutait avidement les histoires qu'il lui lisait. Une fois, il a trouvé dans son cahier un dessin représentant une femme : quatre visages fluides entremêlés, deux aveugles, deux à la chevelure jaune et ondoyante de Méduse, tous noirs. Padraic était stupéfait qu'elle puisse dessiner ainsi.

Le samedi après-midi, ils se rendaient à pied au

parc. C'était un quartier de regards furtifs, de lourds volets sur les vitrines, de terrains de basket entourés de grillage, de petits immeubles en brique rouge. Ils s'asseyaient sur des bancs en bois entre deux rangées de bouleaux et tuaient le temps. Padraic lui parlait d'un endroit différent où son homonyme, la déesse, avait vécu il y avait très longtemps. Dana imaginait d'épaisses forêts, des bateaux faits de cuir de vache, des vallées où la pluie incessante pesait lourdement sur les longues herbes.

Un après-midi, après avoir signé une liasse de bons de sortie, il a emmené Dana chez lui pour la présenter à Orla. Celle-ci, qui étudiait la musique, a joué du violoncelle pendant une heure. Dana s'est endormie sur le canapé. Plus tard, ils l'ont conduite au bord de la mer, où elle a reculé de frayeur au contact de l'eau froide. De retour sur la promenade, ils se sont blottis ensemble sous une longue écharpe bleue. Puis ils ont voyagé sur les immenses montagnes russes en bois de Coney Island, et après Dana les a suppliés, suppliés de la ramener au bord des vagues. Ils l'ont fait, et tous les trois ont frissonné dans le vent coupant.

« C'est loin, l'Irlande ? a demandé Dana.

— Il faut nager longtemps, a-t-il répondu.

— Je mettrai un gros manteau », a-t-elle dit en s'emmitouflant dans l'écharpe.

« Je déteste cet endroit maintenant, dit-il à Orla en s'asseyant au bord du lit. Tu aurais dû les voir ce matin quand ils ont su qu'ils n'allaient pas au mariage. Ils hurlaient, ils tapaient sur les portes. Charlie a mis la stéréo en miettes. Marcia a voulu s'ouvrir les poignets, putain ! Stephanie me traitait de buveur de sperme.

— Bonjour, et moi aussi je t'aime, dit Orla. Mon grand buveur de sperme. »

Padraic rit et tire sur ses lacets.

« Quelle journée pour un mariage, hein ?

— Oh, elle n'est pas si terrible, autant que je peux voir, dit-elle en sortant du lit et en allant vers la fenêtre pour écarter les rideaux, laissant la lumière vibrante filtrer dans leur chambre minuscule. Au moins, le soleil brille. Quand on s'est mariés, il pleuvait comme vache qui pisse, tu te souviens ?

— Ouais, mais on était normaux, et c'était l'Irlande.

— Depuis quand l'Irlande est-elle normale ?

— Écoute, ferme les rideaux, tu veux bien, chérie ? Je veux piquer un roupillon. Je suis crevé.

— D'accord, dit Orla. Je vais travailler. N'oublie pas : l'église à trois heures.

— Le dernier endroit où j'aie envie d'être.

— C'est toi qui la conduis à l'autel.

— Justement », dit-il en posant ses lunettes sur la table de nuit et en tirant les draps sur sa tête.

La musique du violoncelle d'Orla s'enroule autour de la chambre et ponctue le grondement de la circulation à l'extérieur. Padraic somnole, mais Dana le poursuit, résonne dans sa tête. Il voit un placard et une petite fille blottie sous des couvertures, l'oreille tendue. Il entend le poème qu'il lui a parfois cité lorsqu'ils se promenaient dans le parc. *Car le monde est plus rempli de larmes que tu ne peux le comprendre.* Il voit la petite main perdue dans une énorme alliance en or. Il se souvient de leurs balades, avec en écho la mythologie irlandaise. *Sors de là, enfant volée*. Son corps minuscule à la démarche bancale, sa tignasse, ses yeux perdus dans le visage, sa colère tranquille. L'après-midi où elle a quitté le foyer lui revient dans un flot de couleurs – elle avait emballé son mascara vert, des livres en braille à la couverture bleue, des jupes fleuries, une casquette bleue des Yankees. Tandis qu'elle rassemblait ses affaires, il essayait de la convaincre qu'il y avait un autre moyen, mais il n'aurait su dire lequel.

En se réveillant de son somme, il voit Orla préparer le déjeuner. Il va se placer derrière elle, met les bras autour de sa taille pendant qu'elle regarde la soupe bouillir sur le vieux fourneau.

« Je n'ai vraiment pas envie d'y aller », murmure-t-il encore.

Elle appuie la tête en arrière sur son épaule.

« C'est un monstre, pour l'amour du ciel !

— Elle l'aime peut-être.

— Ouais, tu parles...

— Écoute, chéri, dit Orla. J'aurai mon diplôme dans six mois. On pourra partir, alors. Retourner en Irlande. Ou tu peux prendre ce boulot en Oregon.

— Ah, merde », fait-il en se détournant d'elle. Il se dirige vers le mur en traînant les pieds et fixe une gravure accrochée de travers dans son cadre.

« J'en ai vraiment marre, chérie.

— Prends un bol de soupe. Tu te sentiras mieux au mariage.

— Mon cul !

— Ton cul aussi, dit-elle en riant.

— Au diable la soupe...

— On a déjà loué ton costume.

— Ce sera plein de monstres.

— Toi et tes monstres, dit Orla. Tu vas t'arrêter, pour l'amour du ciel ? »

Dana avait rencontré Will au parc. Il était dans son fauteuil roulant, une longue barbe grise lui descendait jusqu'au ventre, comme s'il la faisait pousser pour cacher l'endroit où il n'avait pas de jambes. Il avait plus du double de son âge. Des livres de poche sur le Viêt Nam pointaient, tout cornés, des poches de son manteau. Quand il avait eu dix-huit ans, son pays lui avait donné une coupe de cheveux, un treillis, un kit de survie et une mitraillette, et l'avait envoyé à la guerre. Pendant qu'il était à Saigon, sa mère lui avait adressé une carte postale pour lui dire qu'il ne craignait rien parce qu'il venait d'une bonne famille chrétienne et qu'il était « lavé dans le Sang de l'Agneau ». Lorsqu'il était rentré chez lui, dans un avion plein d'invalides et de corps dans des sacs, il avait écrit un mot à sa mère à l'intérieur d'une boîte d'allumettes. Il lui disait que oui, elle avait raison, d'ailleurs ça rimait avec Oncle Ho.

Dana n'a pas parlé à Padraic de l'homme qu'elle avait rencontré. Elle commençait à être libre de ses mouvements et on lui permettait d'aller seule au parc l'après-midi. Elle revenait au foyer, le visage animé. Il écrivait des rapports enthousiastes sur elle dans son dossier. Elle s'était mise à apprendre le braille. Il commandait des livres en Irlande, pleins de folklore, et lui lisait les histoires. Grâce à un programme spécial du gouvernement, elle apprenait à marcher avec un chien d'aveugle. Elle dessinait de nouveaux portraits de sa propre Dana mythique. Ils avaient acquis une forme plus singulière, des couleurs vibrantes, éclatantes, des contours plus précis, des lignes moins violentes. Padraic commençait à se demander ce qui pourrait arriver si elle étudiait les beaux-arts et, tard le soir, il parcourait des brochures, feuilletait des photos : universités noyées dans le feuillage d'automne, petites flèches d'églises de Nouvelle-Angleterre sur fond de collines, hommes à la belle prestance en gros pardessus et jeunes femmes aux joues rouges de santé. Lorsqu'il lui a dit qu'il pourrait peut-être lui obtenir une bourse, elle s'est contentée de sourire en hochant la tête.

Il était dans son bureau quand un autre éducateur lui a appris que Dana allait se marier. D'abord, il a ri. Il avait déjà vu Will dans les wagons du métro, où il agitait une boîte de conserve, pilotant son fauteuil à travers la foule. Il y avait une tristesse si farouche dans les yeux de l'ancien du Viêt Nam que tout le monde se détournait quand il passait en faisant tinter sa boîte tenue dans des gants sans doigts. Il habitait un petit immeuble sordide un peu plus loin dans la rue, un trou noir plein de réfugiés et d'anciens combattants, un endroit qui semblait susciter une forme spéciale d'amertume.

Lorsque Padraic a questionné Dana sur le mariage, elle a seulement levé la tête, passé violemment les doigts dans ses cheveux, et déclaré que Will l'aimait, que rien ne l'empêcherait de l'épouser. Ils sont restés assis silencieux un long moment. La jeune fille tripotait son corsage, des larmes au coin des yeux. Il est allé à la fenêtre sans rien dire, et Dana est sortie du bureau. Plus tard, elle lui a demandé s'il la conduirait à l'autel. Il a accepté, mais il a fait une longue promenade dans le parc et remarqué pour la première fois combien d'yeux, bleus et marron et verts, l'observaient tandis qu'il jetait de petites branches de bouleau dans le lac.

À leur arrivée à l'église, les bancs sont presque vides. Quelques-uns des amis de Will sont réunis près de l'autel, penchés sur le fauteuil pour arranger l'étroite cravate bleu pâle du marié. Will boit furtivement à une petite bouteille, essuyant la sueur de ses paumes le long de ses jambes artificielles. Pour l'occasion, il a acheté une nouvelle paire de gants sans doigts. Le prêtre paraît ivre, il sort en titubant de la sacristie avec une tache rouge sur le devant de son surplis. Des anciens du Viêt Nam aux cheveux longs, avec des badges antinucléaires, courent partout, des caméras vidéo perchées sur l'épaule comme des lance-roquettes.

Une trentaine de personnes sont rassemblées, parmi lesquelles six gosses aveugles du foyer, amenés par deux éducateurs. Il y a quatre chiens entre les bancs, et l'un d'eux aboie très fort. Quelqu'un doit avoir changé d'avis sur le règlement, mais Padraic remarque que ni Jimi et Marcia, ni Chocolate Charlie ne sont là – ils ont dû être consignés après leurs exploits de la veille.

Orla embrasse doucement Padraic sur la joue et prend place vers le devant. Il reste au fond de l'église et attend. Il salue de la tête quelques personnes, enfonce profondément ses mains dans ses poches, marmonne, puis tend le cou dans la direction du parking. Dana finit par arriver dans une Oldsmobile toute cabossée, une flopée de rubans blancs sur le capot. Sa longue robe de mariée est serrée à la taille. Du maquillage est appliqué n'importe comment autour de ses yeux. Ses cheveux sont tirés en chignon sur sa nuque. Elle tient un petit bouquet de fleurs. Padraic se dirige vers la voiture et la guide par le coude vers les marches de l'église pendant que des invités font cliqueter leurs appareils photo.

« Padraic, dit-elle. Je suis bien ?

— Superbe.

— Vraiment ?

— Tu es fantastique.

— Merci.

— Il est encore temps de changer d'avis, tu sais.

— Vous êtes comme mon père maintenant, dit Dana en se penchant contre lui. Vous n'êtes pas censé dire des choses pareilles. »

Il lui prend avec fermeté le bras. Quelqu'un joue la marche nuptiale à la guitare, sur un ton haut et discordant. Pendant un moment, il essaie de lui décrire l'église, les vitraux, les rangées d'épaules, les chiens à côté des bancs, le prêtre qui oscille un peu devant l'autel, mais il sait qu'elle n'écoute pas. Lentement, il remonte l'allée centrale avec Dana, et les têtes pivotent. Quand le prêtre vient la chercher pour la faire monter à l'autel, une forte odeur d'alcool flotte dans l'air. Elle s'écarte sans peine, et Padraic s'assied lourdement, avec un bruit sourd, à côté d'Orla.

« Et voilà, c'est parti », dit-il.

Il tient la main de sa femme tandis que la cérémonie commence, mais tout est confus – le prêtre trébuche sur les vœux, les petits points rouges des caméras vidéo sont dispersés autour de l'église comme des taches de rubéole, un chien remue doucement la queue dans l'allée centrale. Le sermon est bref, le prêtre parle des noces de Canaan. Will et Dana manient maladroitement les alliances, et Padraic regarde Will lever sa tête barbue pour embrasser la mariée. La guitare attaque un vieux succès des années soixante.

« Rentrons à la maison, chuchote Padraic tandis que des flashes éclatent près de l'autel.

— Et la réception ? chuchote Orla.

— Du tord-boyaux et des biscuits pour chien.

— Aie un peu de cœur, tu veux ?

— Ouais, bon.

— Lève ton cul de ouais-bon et suis-la dans l'allée », chuchote-t-elle en le poussant dans les côtes.

Il regarde Will manœuvrer son fauteuil le long de la rampe de l'autel. La barbe de l'ancien du Viêt Nam a été peignée avec soin pour l'occasion. Il surprend le regard de Padraic et, pour une raison quelconque, cligne de l'œil. Padraic lui répond par un signe de tête. Le visage de Dana est fendu par un immense sourire. Elle descend les marches de l'autel avec l'aide du prêtre, puis se dirige vers le fauteuil roulant de Will, où il attend. Instinctivement, elle tend les mains vers les poignées, les trouve et se met à pousser le fauteuil. Ses talons se prennent dans sa robe, mais elle retrouve son équilibre et se met à descendre l'allée d'un pas fier. Un grand rire éclate dans l'église quand elle exécute un curieux petit saut tout en continuant à pousser.

À l'entrée, des amis de Will ont déchiré du papier coloré pour en faire des confettis.

Resté en arrière, Padraic remarque que Dana et Will paraissent se confondre, en quelque sorte, tandis qu'elle le pousse le long de la rampe extérieure. « Un peu plus à gauche, crie Will, attention à la grille ! » Le papier coloré leur tombe sur les épaules. Le bouchon d'une bouteille de champagne saute et le prêtre s'empare d'un verre en plastique. Une foule se rassemble autour des nouveaux mariés, et dans la bousculade Dana perd son bouquet de fleurs. Elle chuchote quelque chose à l'oreille de Will qui lui fait tourner le fauteuil. Elle s'y prend calmement, aisément.

Padraic s'avance afin de ramasser les fleurs, mais il sent la main de Will agripper la sienne.

« Je vais me débrouiller, mon vieux, dit le vétéran.

— Je ramasse les fleurs, c'est tout.

— Ça va aller.

— Tu es sûr ?

— J'ai récupéré mes jambes.

— Ouais, fait Padraic, sans trop savoir ce qu'il veut dire.

— Et une paire d'yeux pour elle.

— Oui, ouais.

— Tu vois ce que je veux dire ?

— Oui, je vois.

— On va veiller l'un sur l'autre.

— Ouais.

— Tu sais ce que c'est.

— Oh oui, oui.

— Tout ce qu'il nous faut, c'est deux greffes de peau », dit Will en faisant un grand geste pour attirer l'attention de Dana. Avec un rire tonitruant, il se retourne vers elle : « T'as entendu ça ? Maintenant, on veut des greffes de peau. »

Padraic recule, gêné. Il fourre ses poings au fond de ses poches. Le sang lui monte aux joues. Il s'écarte de la foule et regarde Will replacer les fleurs dans les mains de Dana. Il n'a jamais vraiment remarqué jusque-là combien elle est attirante : ses doigts se terminent délicatement par des ongles effilés, des mèches folles bouclent autour de son cou, sa peau se colore autour de ses yeux. La foule tourne autour de Will et il serre des mains, guide le coude de Dana vers d'autres mains. Padraic a envie d'aller leur dire un mot, n'importe quoi, il ne sait pas trop, pour suggérer que souvent d'étranges choses se produisent, que certains moments sont bien trop rares pour les laisser perdre. Mais il reste simplement là, soudé à son ombre.

Il s'aperçoit qu'il pense au foyer – Chocolate Charlie traîne près de la stéréo brisée, un ballon de foot en équilibre sur le pied ; Marcia surveille une mince croûte se formant sur son poignet ; Jimi cache deux allumettes sous son oreiller. Demain matin, ils vont l'assaillir, poser un millier de questions sur le mariage. Des bouts de toast voleront dans la salle à manger. Une paire de chaussettes se perdra dans le linge. Une bagarre éclatera à la cafétéria. Tous les fragments de secondes, de minutes, d'heures continueront à cliqueter, malgré tout.

Padraic frotte ses chaussures l'une contre l'autre, il a oublié de les cirer. Il cherche Orla dans la foule. Il la voit au bord des marches de l'église, deux verres en plastique dans les mains. Il sort les siennes de ses poches et se dirige vers elle. Elle lève le champagne et il lui répond en hochant la tête, lentement d'abord, comme un oiseau qui commence à picorer des miettes sur le sol.

En avant, marchons gaiement

Donnez assez de temps à la vie et elle résoudra tous vos problèmes, même celui d'être vivant. Je devrais l'écrire dans la cage d'escalier, celui-là, rit-il sous cape en descendant les marches gris souris de l'immeuble. Il marche lentement, en balançant ses grosses épaules dans les plis d'un vieux pardessus marron. Des poignets épais, marqués çà et là de taches de vieillesse, jaillissent de ses manches, et un mouchoir fuchsia fleurit dans sa poche de poitrine. Quand il aborde le palier du troisième étage, des perles de sueur se rassemblent sous la visière de sa casquette plate, en tweed. Bon sang, pense-t-il, il fait chaud dans tout cet accoutrement.

Tandis qu'il descend les marches – et passe devant les graffiti grossiers, familiers –, trois adolescents, leur casquette noire de base-ball portée à l'envers, le désignent et brandissent leurs poings vers le ciel. Il leur adresse un clin d'œil et ils rient, puis se détournent, se bourrant de coups aux épaules et imitant son pas traînant. Rien dont une bonne beigne sur l'oreille ne viendrait à bout. Il sourit, prend le mouchoir dans sa poche et s'éponge le front. Plus bas dans l'escalier, il croise une vieille femme avec un cabas plein de choux-fleurs. Elle marmonne quelque chose sur le temps et l'effet désastreux qu'il a sur les légumes. Il lui tire son chapeau, puis s'incline quand une jolie petite fille le dépasse en sautillant, portant des crayons de couleur dans les plis de sa jupe retroussée. Dieu veuille que ce ne soit pas elle qui griffonne ces graffiti dégoûtants sur les murs.

Il s'arrête au troisième et lit : *Quand est-ce que l'homme noir a appris à marcher ?* Au-dessous : *Quand l'homme blanc a inventé la brouette.* Et plus bas : *Bouffe ta merde, sale Blanc, enculé de ta mère.* Bizarre, celui-là, parce que même le fond d'une brouette, ce n'est pas trop confortable, pour un croulant de son âge en tout cas. Il a pourtant entendu parler d'un riche gentleman excentrique qui dessinait les plans de son jardin, quelque part dans les collines vertes et brunes de Wicklow. Ce gentleman était connu pour se faire véhiculer par ses jardiniers dans une grande brouette, pendant que dans ce sacré équipage il buvait du thé. Servi dans une soucoupe. Son excuse pour emprunter ce mode de transport était de souffrir de brucellose, qu'il avait contractée en se piquant le doigt aux épines d'un rosier, puis en mettant les mains dans du fumier de cheval. Gouffre à merde, pour paraphraser l'inscription.

Il s'arrête un instant et s'appuie sur la rampe, pensif. Enculé de ta mère, quelle drôle d'expression ! Et violente aussi. Pas du tout poétique. Affreuse, en fait. Mais employée tout le temps dans ces parages.

Enculé de sa mère, on l'a traité de ça lui aussi, pas par dérision mais d'une façon curieusement agréable, quand dans les coins sombres, tard le soir, il les entend parier que le vieil enculé d'Irlandais pourrait sûrement décocher encore un ou deux bons directs. Et un ou deux, ils le mériteraient bien, s'il n'avait pas assez longtemps fait partie du paysage pour comprendre qu'un enculé de sa mère, chez les jeunes Noirs du moins, est un frère. Les Mexicains, les jeunes, sont calmes et furtifs, ils traînent les mains dans les poches, et, devant lui du moins, ils emploient rarement l'expression. Ce sont les Blancs – la racaille, comme ils disent – qui l'utilisent de la façon la plus vindicative.

S'épongeant de nouveau le front, il s'écarte de la rampe et reprend l'escalier.

Bon Dieu, que la laverie est loin par une chaleur pareille. *Et plus loin chaque jour, bien que tes pas soient lourds, légèrement tu trotteras vers ton amour.* Une magnifique chanson, celle-là. Il la chantait il y a des années. L'air était si joli. À cent lieues de ces graffiti, c'est certain. Un peu moins imaginatifs de jour en jour, s'attriste-t-il, même s'il s'arrête devant son aphorisme favori, sur le palier du deuxième étage, où un pauvre hère a laissé une mare d'urine. *Femmes du monde, levez-vous du lit de vos oppresseurs... pour faire le petit déjeuner.* Il tire son chapeau devant celui-ci. Des saucisses et du bacon, s'il te plaît, Juanita, et ajoute un morceau de ce bon boudin accroché au-dessus du fourneau. Quand tu auras fini la vaisselle, mon amour, sors la brouette et nous partirons valser à travers la ville où tous les égouts d'Amérique se déversent dans la mer. Il rit tout seul. Si Juanita l'entendait, elle serait scandalisée. Elle enfourcherait son vélo et retournerait à Hollywood. Jamais de sa vie elle ne lui a fait le petit déjeuner. Et elle n'est pas près de le faire. Superbe comme elle l'est, Juanita est une femme redoutable. Un caractère à calmer les sept mers. Et un larynx connu pour sa résonance. Elle est pourtant si petite, douce et délicate, Juanita. Vas-y, Flaherty, mon gars. Pas de temps pour toutes ces tergiversations.

Il s'écarte de la flaque de pisse en se pinçant le nez – maintes fois cassé – et se demande qui a pu écrire ce petit bijou. L'homme qui s'est débondé le rein ? Sûrement pas. Pas de fontaine de l'Hélicon pour lui. La petite fille aux crayons dans sa robe relevée ? On ne sait jamais par les temps qui courent – il a entendu dire qu'on avait installé des détecteurs de métal la semaine dernière dans ce qu'on appelle le collège, un nom relativement approprié puisque les gosses de par ici, c'est bien connu, ont un penchant pour la colle. Et pour les flingues. Tout au bout de la cité il y a un autre slogan. *Gun's and Roses. Des Flingues & des Roses.* Pour celui-ci, il n'y a sûrement pas de logique.

Il poursuit sa descente vers le rez-de-chaussée à travers tous ces mots. *Bouffez les sans-abri. Johnny X est monté comme un cheval. Leroy est raide défoncé.* Johnny X, semble-t-il, n'a pas de problèmes. Mais laisse assez de temps à la vie, Leroy, elle les résoudra tous. Ces drogues, il le sait, sont terribles. Ailleurs, très loin, *crack* veut dire champion. Pas ici. Il a vu des garçons dans cette cité – des garçons à qui il a appris à envoyer des directs dans le vide – échanger des bons d'alimentation contre de petits sachets blancs. Leroy et Johnny X étaient peut-être bien parmi eux, mais les noms tendent à se mélanger dans sa tête.

Un garçon d'ici, pourtant, s'est tiré d'affaire

– Tyrone Jacobs, qui a un match ce soir au Madison Square Garden. Il y a douze ans, il lui avait appris à boxer. La peau du garçon, noire comme de la tourbe, luisait de sueur jour après jour sous le soleil qui crachait du feu dans la cour de la cité. Serre ta garde, jeune Tyrone. Attends l'ouverture. Vas-y mollo avec ta droite. Danse un peu. Ton direct. Voilà ! Recule. Sers-toi de ton épaule. Feinte. Il s'arrête et se demande si Tyrone se souviendra de ce qu'il faut faire, si on mettra une ceinture autour de ce corps dont on voit les côtes, un prix que lui-même n'a jamais gagné dans la catégorie poids lourds. Un instant, il se permet de penser au combat avec Caffola et à l'huile de moutarde. Le 9 septembre 1938. Un souvenir amer. Puis il laisse un petit direct s'envoler, et manque perdre l'équilibre sur les marches.

Dans un grand poème, un homme marchait légèrement au bord d'un profond ravin où s'échangeaient des serments passionnés. Voilà une bien belle image. D'un bond alerte, il franchit les dernières marches et émerge de la cité dans le soleil de La Nouvelle-Orléans. Il s'abrite les yeux sous sa casquette et regarde autour de lui. Un chapelet de filles, dont l'une est enceinte, s'appuient contre la boutique de fleurs au coin de la rue. Elles se mettent à pouffer en le voyant. Il tripote la ceinture de son pardessus marron. Cette ville est chaude, bon Dieu, plus chaude qu'une mariée de juillet, mais il aura besoin du manteau quand il arrivera à la laverie. Ça fait partie du camouflage.

Il reconnaît un corsage froncé, bleu, à volants, sur la fille enceinte, un corsage dont Juanita a décidé qu'elle ne voulait plus il y a quelques mois. Quand

Juanita – qui peut se montrer terriblement difficile – n'aime pas un vêtement, elle refuse tout net de continuer à le porter. Aussi, un jour, le mois dernier, après une année passée à lui trouver de nouveaux habits, il a décidé de les recycler. De les donner à d'autres qui pourraient les porter. Un soir, tard, il a quitté furtivement son appartement avec le corsage bleu et l'a accroché à la poignée de porte de Mme Jackson. Le lendemain matin, il a regardé la vieille femme sortir sur la galerie. Quand elle a trouvé cette merveille sur la poignée, un grand sourire lui a fendu le visage, peignant le monde de brillantes couleurs.

Par la suite une kyrielle de vêtements de Juanita se sont retrouvés pendus aux poignées de porte dans toute la cité. Elle s'en moque, Juanita. Elle ne le sait même pas. Personne ne le sait. Mais les gens en ont besoin par ici, bon Dieu. Il y a des fiancées de Robin des Bois partout, bien que la forêt soit grise et pavée. « Bonjour, mademoiselle Jackson », dit-il en faisant un signe de tête à la jeune fille avec le polichinelle – ou les polichinelles – dans le tiroir. Les deux peut-être. Comme il se doit, elle paraît surprise qu'il sache son nom, et il lui sourit puis cligne de l'œil.

« Quelle belle journée !

— Oui, m'sieur, bafouille-t-elle.

— Jolies fleurs, dit-il en montrant la vitrine.

— Oui, m'sieur, jolies fleurs. »

Oh, mais il ne voulait pas l'embarrasser comme ça. Cligner de l'œil à une jeunesse en cloque ! Il dépasse la boutique. Flaherty, mon garçon, garde ta langue dans ta poche, espèce d'idiot. Il a toujours eu le don d'embarrasser les femmes. Quand il se produisait dans les cabarets avec Juanita dans les années cinquante, un soir qu'ils marchaient le long de la

Liffey, ils avaient vu deux hommes blottis dans les ombres de Merchant's Arch. Dublin n'était pas réputée pour ses homosexuels à l'époque, et il avait chanté, d'une voix magnifique : *Dans la belle ville de Dublin, où les garçons sont si jolis, j'ai d'abord posé les yeux sur Michael Malone le gentil, Il roule sa brouette à travers rues et ruelles, en criant : Vive la bonne moule, gonflez-vous les boules.* Les deux hommes, furieux de la chansonnette, ont voulu lui sauter dessus, les poings serrés. Mais quand ils ont vu ses épaules, et que, peut-être, ils se sont rappelé ses photos dans les journaux – l'*Evening Mail* l'avait surnommé le « pugiliste chantant » – les deux hommes ont tourné les talons. Juanita était gênée, c'est normal. Quel que soit leur credo sexuel – biques ou boucs –, avait-elle dit, on devait les laisser faire ce qu'ils voulaient. Juanita est petite et frêle, mais, quand elle ouvre la bouche, elle peut avoir la langue aussi tranchante qu'un brin d'herbe nouveau.

S'arrêtant aux feux, il regarde par-dessus son épaule. La pauvre jeune fille là-bas, à côté de la boutique de fleurs, qui attend roses et serments d'usage. Un de ces jours, il laissera peut-être un autre corsage de Juanita sur la poignée de porte de sa mère. Assez grand pour son ventre, remarquez. Mais Seigneur, d'où me vient aujourd'hui tout ce fatras de brouettes et de roses – et même cette affreuse pensée, enculé de ta mère ? Ça doit être la chaleur. Plus chaud qu'un *jalapeño* en enfer. C'est l'expression de Juanita. Elle adore les piments. Et, en effet, il faisait plus chaud qu'un *jalapeño* en enfer, au ciel ou ailleurs le soir du match contre Caffola. Le 9 septembre 1938. L'huile de moutarde.

Il entend le rugissement de la circulation de la voie

express I-10 et le grondement du tramway de Carrollton Avenue. Au bord de la grande artère, il attend le moment de traverser. Pour traverser une rue dans ce pays, bon sang, il faudrait être diplômé en génie civil. Et avoir un corps de cheval de course. Johnny X ferait l'affaire, ici. Il attend que le petit homme vert – pas le même que le géant des boîtes de maïs – s'allume. Et il se souvient qu'il a faim. Mais en avant. « Nous devrions nous porter par le chemin le plus court, comme l'a dit un jour un poète américain, dans l'esprit de l'aventure éternelle, pour ne jamais revenir. » Mais qu'en savait Thoreau ? Il vivait dans une cabane, tout seul près d'un lac. Flaherty, mon gars, tu as lu trop de livres, et si tu ne traverses pas vite l'homme vert sera mûr et tu seras mort. Seigneur, ça rime encore. Ça doit être la chaleur. Un homme imaginatif aurait parlé de pardessus en sapin. Et laissé la rime à la raison.

Il traverse, s'arrête et surveille la circulation, puis respire profondément. Les poumons ne sont plus ce qu'ils étaient. Mais la laverie n'est pas très loin maintenant, Dieu soit loué. *En avant, marchons gaiement, bras dessus et bras dessous, rang par rang et pied à pied, en route pour le mariage de Marie.* Sa chanson préférée, et peu importe, diable, qui est ou qui était Marie. En chantant, il dénoue la grosse ceinture de son pardessus. Qu'est-ce qui plairait à Juanita ? Une jupe à fleurs ? Un corsage rose à franges ? Un autre modèle bleu à volants, comme celui que portait Mlle Jackson ? Non. Ce qu'il faut, pense-t-il, c'est quelque chose qui lui aille comme le ciel va à la terre. Elle mérite bien ça. Aujourd'hui est un anniversaire important – le 9 juillet 1992. Juanita est plus belle que jamais, et elle mérite quelque chose d'exceptionnel.

Il voit un garçon passer près de la boutique du marchand de poulet frit, les cheveux dressés en petits faisceaux d'un rose électrique. Que diable est-il arrivé aux coiffures ? Quand nous étions jeunes, à Lisdoonvarna, le gel pour les cheveux se vendait deux sous la bouteille. Nous nous faisions une raie au milieu et ils brillaient au clair de lune lorsque nous revenions de la salle de bal.

C'était le bon temps ! Assurément. Il est parti pour l'Amérique sur le croiseur *Washington*, en jurant à l'Irlande qu'il retournerait au pays champion du monde des poids lourds. L'époque des mèches et des boucles. C'était la Grande Dépression, il se souvient, et des chômeurs se chauffaient les mains au-dessus de braseros sur les quais de Cobh, en mangeant des sandwiches au pigeon. Certains avaient la bouche enflammée d'avoir consommé des orties. Les temps étaient durs et, même alors, l'Amérique était le pays où aller. Des jeunes filles larmoyantes vendaient des jonquilles pour pouvoir acheter leur billet. Les garçons se perchaient à l'arrière de charrettes de fumier, les yeux vers la mer, rêveurs. Des foules maussades regardaient le blanc des vagues tandis que la sirène des navires poussait son chant d'exil. En montant sur le bateau, debout sur le pont, il a chanté, *Irlande, je t'aime, a Chusla Mo Chroí*, amour de mon cœur. Quand le bateau a appareillé, il s'est rappelé ses parents, qui étaient morts quand il venait d'avoir quinze ans. Sa mère, une femme coriace à la beauté désagrégée, des cartes de l'Ouest imprimées sur la peau. Son père, un Américain qui était venu en Irlande après l'agonie de la Grande Guerre, un homme qui avait appris à trouver de la terre entre les rochers dénudés, à la cultiver, un homme dur à l'ouvrage, honnête et maudit.

Sur le trottoir de Carrollton Avenue, il sent la chaleur du ciel du Sud marteler la ville. Il essuie son front humide sur la manche de son pardessus.

Ils avaient donné à leur fils des mains épaisses, des mains qui remportaient des combats par toute l'Irlande, même des rencontres illégales dans l'herbe des prairies sauvages. Ce jour-là, à la proue du navire, à Cobh, le monde s'est ouvert devant lui. Ses huit premiers mois, dans de crasseuses petites salles de New York, il a éliminé trois poids lourds, des tâcherons. Après les combats, il chantait toujours une chanson. Il est tombé amoureux de Juanita, venue à l'un des matches avec un réalisateur de cinéma. Elle était assise au troisième rang, les cheveux en désordre, longs comme des algues. Ce soir-là, il l'a emmenée dans le restaurant le plus chic de la ville, et elle a embrassé la blessure au-dessus de son œil.

Une victoire chassait l'autre. Au vestiaire, Juanita s'était mise à lui masser les épaules comme certaines femmes se mettent à pétrir du pain. Des reporters coiffés de chapeaux à bord large ont commencé à le remarquer. Une photo de lui et de Juanita échangeant des alliances est parue dans les journaux. Lui en veste de smoking blanche, elle dans le plus beau taffetas, un bouquet de fleurs blanches dans ses cheveux sombres. C'était la semaine avant le grand match. 9 septembre 1938. S'il pouvait battre Caffola, à lui les grands combats. L'huile de moutarde. Ça l'avait aveuglé sérieux. Juanita, sur le ring, lui lissait les cheveux en arrière en disant : « Ça va aller,

Danny, ça va aller, tu auras une autre occasion. » Ses cheveux retombaient sur ses yeux.

Et maintenant, ils sont tombés par plaques, même s'il a sa petite casquette pour cacher la calvitie. Mais en avant pour les machines à laver. Une, deux, trois. Assez ruminé le passé. *Laisse-les derrière toi, recommence, laisse-les derrière toi, et te sourira la chance.* Il y a eu un come-back après Caffola, et il jurait aux journalistes que, s'il en avait l'occasion, il affronterait Buddy Baer et le Brown Bomber sur le même ring. Mais il était facilement tombé devant un minable sorti des entrailles de Brooklyn. *A Chusla Mo Chroí.* Amour de mon cœur. Vas-tu te dépêcher, doux Jésus ? En avant, marchons gaiement. Le soleil sera couché avant que je rentre à la maison retrouver Juanita.

Elle l'avait emmené à Hollywood, où elle tournait dans des films. Mais il n'y avait guère de demande pour une Mexicaine. Malgré sa beauté, et une voix si magnifique qu'on aurait dit qu'elle avait un roitelet dans la gorge, ils ont mis fin à son contrat. Tous les deux, sur le pont d'un autre bateau, avaient ratissé les vagues, vers l'est cette fois. Ils avaient chanté ensemble dans les cabarets enfumés d'Irlande et d'Angleterre, où des hommes en costume zazou mouillaient le bout de leur cigare d'une langue lascive, le regard fixe. Mais les cabarets avaient fermé, paupières d'une époque. Puis ce fut le retour en Amérique, où le corps avait lâché, mais où les chèques des allocations tombaient assez régulièrement pour les rendre heureux. Et un million d'années vécues entre-temps. Des choses qu'il a oubliées. *Entre-temps, dans l'intervalle, on a bien rigolé.* Laisse-les derrière toi. Recommence. Mais comment diable les laisser derrière, comment, au nom du ciel, peut-on recommencer ? Seigneur, mais la chaleur me tape sur la tête. En avant. Allons-y.

« On vous poursuit, monsieur Flaherty ? » C'est Clarence LeBlanc, ce salaud aux yeux sournois, dans un pantalon trop étroit même pour ses jambes maigres, la trentaine peut-être, qui travaille à ramasser l'argent des loyers dans la cité. Il sort de la supérette, un paquet de cigarettes dans ses longues mains noires. On voit souvent LeBlanc gratter les graffiti des murs. Y a pas plus philistin que lui. Et toujours la lèvre méchamment retroussée quand il frappe à la porte pour encaisser le loyer.

« Me poursuit ? dit Flaherty.

— On dirait que vous êtes pressé.

— Je vais à la laverie.

— Vous avez du linge à laver ?

— Oui.

— C'est drôle, je vois pas d'habits. » LeBlanc a un drôle d'éclat dans l'œil.

« Je les ai laissés là-bas ce matin.

— Vous feriez mieux de faire attention.

— Pourquoi donc ?

— Quelqu'un y vole des vêtements. C'est un des jeunes de notre cité, d'après moi.

— C'est terrible, le vol, de nos jours, dit Flaherty. Vous allez regarder le match à la télé ce soir ?

— Il les suspend aux poignées de porte.

— Les chenapans ! On ne peut faire confiance à personne à l'heure actuelle. » Il danse d'un pied sur l'autre et serre les poings. « Tyrone se bat au Garden. » Lentement, il amorce un swing dans le vide et sourit.

« Je ne suis pas la boxe, monsieur Flaherty, dit

LeBlanc en allumant une cigarette. Si vous voyez quelque chose de bizarre, vous me prévenez.

— Certainement. »

LeBlanc s'éloigne et il jure doucement. Son secret est éventé. Il se voûte dans son manteau et sent la sueur dégouliner de ses aisselles. Le bruit de la circulation lui gronde aux oreilles tandis qu'il franchit deux ou trois nids-de-poule. Il plisse les yeux, presque pris de vertige. Un instant, il voit sa mère inclinée sur l'évier, en train de frotter du sang sur le col d'une chemise blanche. Son père, dehors, suspend un sac de sable à un marronnier et lui crie de se préparer pour l'entraînement. Juanita se penche sur le micro, les cheveux rejetés en arrière, les yeux bruns, le regard profond. Tyrone danse au milieu d'un ring.

Il contourne deux voitures, remonte sur le trottoir, lèche une perle de sueur sur sa lèvre, s'arrête un moment pour regarder les nuages filer au-dessus de la ville, puis ouvre la porte de la laverie. Il entend les machines tourner. Le néon rose jette des taches de lumière sur son manteau marron. Dans un jeu vidéo au coin, un avion atterrit en catastrophe. On a accroché une énorme pancarte EN PANNE sur le distributeur de Coca. Il s'assied sur la chaise en plastique, la respiration un peu sifflante, ôte sa casquette, la pose sur le siège voisin, et regarde un peu plus autour de lui.

Ce sont les femmes riches qui viennent dans cet endroit. Ma foi, pas exactement riches, mais plus que celles de la cité. Un dollar la machine, ici. Elles sont flambant neuves, et en général les mains qui les ouvrent sont blanches. Des gamines de l'université viennent là, en décapotable rouge cerise. Gâtées pourries, toutes ces mômes. Elles jettent toujours leur linge dans la machine et reviennent une demi-heure plus tard. À la laverie de l'autre côté de la cité, ça ne coûte que cinquante cents et tout le monde reste les yeux sur le linge comme des oiseaux surveillant nerveusement les miettes.

Il n'y a que trois femmes à la laverie maintenant, deux tout au fond, la tête plongée dans un magazine, et une – blonde, avec du rose à lèvres, sapée comme une princesse – qui charge le contenu d'un énorme sac bleu dans les machines trois, quatre et cinq. Chaque fois qu'elle sort quelque chose du sac, elle le lève à la lumière et l'examine attentivement. Une paire de draps. Des serviettes de toilette. Des chaussettes. Des tee-shirts. De la lingerie, qu'elle fourre très vite dans la machine numéro quatre. Une chemise de nuit. Un gant de toilette. Puis la princesse sort un Levis déchiré et deux ou trois jupes. Malheureusement, aucune n'irait à Juanita. Elle a toujours aimé le grand style, quelque chose de modeste mais tout de même un peu voyant. Quand elle allait aux matches, c'était en robe fuchsia. Dans les cabarets, c'était souvent ce modèle vert pré, scintillant de paillettes. Sur les bateaux, dans un sens et dans l'autre à travers l'océan, c'était toujours une tenue de la couleur de la mer. Il remue les pieds. Juanita. Ma Juanita. Amour de mon cœur... Oh, regarde-moi ça !

La princesse présente un corsage blanc avec des manches en dentelle. Un volant bleu au col. Du travail superbe. Elle fronce les sourcils, se demandant peut-être si elle devrait le faire nettoyer à sec. La taille est parfaite. Un ventilateur tourne au-dessus des têtes. En sueur, il surveille la princesse. Elle hésite un instant, puis met le corsage dans la machine numéro cinq. Son cœur manque un battement. Il regarde la princesse sortir une bouteille de détergent coûteux. À la façon dont elle verse, on voit qu'elle est riche. Elle ne remarquera sans doute pas la disparition de ce sacré corsage. En se dirigeant vers la porte, elle ne lui sourit même pas.

Il jette un coup d'œil circulaire. Se frotte les mains. Claque les lèvres. C'est tout de suite ou jamais. Les deux autres ont toujours la tête dans leur magazine. L'endroit sent l'hôpital. Bien trop propre. Pas le moindre graffiti sur les murs. Totalement sans âme. Il se met à fredonner : *Ciel blanc de lait, je te dis pourquoi, maintenant tu sais, rappelle-toi, seras-tu bon ce soir pour moi ?* Tandis que la voiture de la princesse s'éloigne, il se dirige vers la machine numéro cinq. Il soulève vite le couvercle. Ses doigts tremblent. Il fouille. Trouve le corsage blanc ; l'eau gicle sur ses doigts épais. Il le prend et le fourre sous son manteau. *Ne vois-tu pas, mon petit âne et moi, On est heureux comme les trois Rois, Quand on va rejoindre celle que j'aime, celle que j'aime.* Il siffle doucement pour lui-même. Ce sera un peu mouillé, une petite tache de détergent bleu sur la manche, mais qu'est-ce que ça peut faire ? Juanita va l'adorer. *J'vais te poser une question, la question, tu veux m'épouser, chérie, tu veux bien ? Ce sera facile, si facile, si seulement j'peux compter sur toi.* Il sent l'humidité du corsage s'infiltrer à travers sa chemise. Laissant un petit sourire s'envoler de ses lèvres, il sort de la laverie de son pas lourd. Bon sang, pense-t-il, mais ce qu'il fait chaud aujourd'hui.

Il est assis dans le fauteuil en cuir que les braves gens de Saint-Vincent-de-Paul lui ont donné pour un dollar. La pièce est petite, encombrée et pleine de silence. Sur la cheminée, il y a une photo de lui jeune homme, avec des gants rouges. La peau des muscles est tendue. C'était le bon temps. Une mèche pend gaiement sur des yeux verts. Un short en soie est accroché près de la photo. Deux ou trois trophées posés à côté. Les draps du lit sont froissés. Au-dessus du lit, une photo de Juanita, les cheveux nattés dans le dos, elle ressemble à la fille de la chanson, les cheveux tombant sur l'épaule. Elle est belle. Ma Juanita. Des livres, par terre, parlent de poésie. Une télé crache du gris. L'eau chante dans la bouilloire. Au bout de la pièce, le placard est rempli de vêtements de femme. Des corsages. Des robes. Des jupes. Des foulards. Ça commence à être plein à craquer là-dedans. Il va falloir qu'il s'occupe des boutons de porte. Il sourit intérieurement.

Juste devant lui, sur un cintre accroché à l'abat-jour, le corsage blanc à volant bleu. Il se lève lentement du fauteuil, la respiration sifflante, tend la main et touche les manches qui pendent dans le vide. Il passe les bras le long du col. Puis il presse sa figure contre le corsage, le tient, prend une profonde inspiration et sourit.

« Juanita, dit-il doucement. Juanita, mon amour, tu es absolument magnifique. »

Il redescend l'escalier, repasse devant les graffiti, en se dépêchant cette fois. Il s'est souvenu qu'il a laissé sa casquette en tweed à la laverie. Pourvu que la princesse ne soit plus là ! Ça fait une heure et demie, sûrement le séchoir a fini de tourner maintenant, et elle est partie sans se rendre compte de rien. Remue-toi un peu, Flaherty. Marchons vite, en avant. Plus question de gaieté à présent. Et d'ailleurs n'est-ce pas complètement démodé d'être gai de nos jours, à moins d'habiter le Carré français ? Il y a des graffiti sur les homosexuels au mur, mais rien d'aussi bien que *Vive la bonne moule, gonflez-vous les boules.* Et une, deux.

Juanita va être folle furieuse s'il n'est pas rentré à temps pour le thé qui bout sur le fourneau. Et encore plus furieuse si elle s'aperçoit qu'il a perdu sa casquette. Elle la lui a achetée chez Clery à Dublin dans les années cinquante, quand l'argent était là, et fait pour être dépensé. Ils étaient sortis dans O'Connell Street sous la pluie, et elle l'avait délicatement tirée sur ses boucles brunes. Elle avait dit que ça le faisait ressembler à un lutin. Un chaud lapin peut-être. Elle avait ri. Les gens les regardaient marcher. Un grand costaud et une minuscule Mexicaine, assortis comme les doigts de la main. Ils se baladaient sur les quais, s'arrêtaient dans les librairies. La Liffey courait vers la mer, des péniches arrivaient de la brasserie, les pigeons se disputaient du pain, les automobilistes donnaient des coups d'avertisseur pour obliger les rétameurs en charrette à cheval à laisser le passage. Il embrassait Juanita sous le store bleu d'une boutique d'antiquités. *Ah, elle était si jolie, de ses deux pieds nus à ses beaux cheveux bruns lustrés.* Et une, deux. En avant, une chanson dans le cœur. Faut que je récupère cette sacrée casquette.

Il trébuche sur les marches près de son inscription favorite et s'écorche la main en essayant de prévenir la chute. Levez-vous du lit de vos oppresseurs, marmonne-t-il. Vite, maintenant. Une, deux. Et trois et quatre.

Arrivé au pied de l'escalier, il sort haletant dans Carrollton Avenue et jette un coup d'œil plus loin dans la rue. Enfer et damnation ! Clarence LeBlanc, ses jambes maigres appuyées contre le mur, bavarde avec Mlle Jackson. C'est peut-être lui qui lui a mis le ballon. *En ballon, elle monte*... Il espère que non. LeBlanc ne pourrait guère engendrer autre chose qu'une longue gorgée d'eau de tourbière. Mais peut-être, lorsque Juanita décidera qu'elle a assez porté le corsage blanc à volant bleu, il le donnera à la fille enceinte, bien qu'il risque d'être un peu serré sur son ventre. Il s'avance pour leur tirer son chapeau, puis se souvient qu'il ne l'a pas. Un homme sans son chapeau est comme un cochon avec un anneau d'or dans le nez. Il s'engage dans la rue, affronte les encombrements et le vacarme des voitures. LeBlanc crie quelque chose derrière lui, mais il fait semblant de ne pas entendre. Vite maintenant, Flaherty. On ne rigole plus. Pas de temps pour les graffiti.

Il passe devant la boutique de fleurs, le petit homme vert clignote, les voitures klaxonnent dans le grondement d'un après-midi chaud et humide de La Nouvelle-Orléans. Ça fait trente ans que je vis dans cette ville, nom d'un chien, et pas une fois je n'ai été capable de traverser cette sacrée rue à temps. La boutique de poulet frit, la banque. Le néon affiche : 16.31, 34°. L'heure des *japaleños*. Vas-y, Flaherty. Avance. *Que tes pas soient joyeux et tes chemins peu nombreux*. Et de deux. Bon Dieu. Ça rime encore. Quelle chaleur ! Il enlève son manteau en marchant et quand il arrive au parking de la laverie le fourre sous son bras. Franchit deux ou trois nids-de-poule. Donnez-moi un ring avec des cordes et je pourrais encore danser. Et là, doux Jésus, dans toute sa gloire, un peu songeuse, près de la machine numéro six, il voit la princesse.

Il s'attarde dans le parking, perplexe. Mais la princesse ne peut pas se douter. Elle n'a sûrement même pas remarqué l'absence du corsage. Il faut qu'il récupère la casquette, de toute façon. Il se le doit. Juanita sera folle furieuse si je la perds. Elle adore ce couvre-chef. D'un pas traînant, il se dirige vers la porte, les yeux baissés. Une, deux. Sur le siège le plus proche, il aperçoit son tweed gris. Alléluia et vive le roi ! Beau travail, Nora, comme on dit. Nora étant la fille que le vaillant Sean O'Casey a abandonnée. Il glousse. Voici le Baladin du Monde Occidental. Ou c'était peut-être monsieur Synge ? En avant. Vas-y. Grouille-toi.

Il lève les yeux et remarque que la princesse l'observe. Oh, oh ! Il lui sourit et prend la casquette.

« Une chaleur torride aujourd'hui, n'est-ce pas ? lui dit-il.

— Quoi ? » Elle fait le tour de la machine. « Oui, eh bien. Excusez-moi, monsieur, vous n'auriez pas, par hasard, euh… vu quelqu'un ici ?

— Pas un chat. J'ai simplement oublié mon chapeau.

— J'ai égaré un corsage.

— Vous m'en voyez désolé. Eh bien, il faut que j'y aille. Juanita m'attend à la maison. Elle prépare le thé.

— Pardon ?

— Ma femme. Elle sera furieuse comme tout si je perds ma casquette. J'ai laissé ma casquette ici.

— Oh, fait la princesse.

— J'ai dû courir tout le chemin. J'ai encore du souffle, vous savez. Je courais dix kilomètres par jour. Dans le temps.

— Je vois. Mais vous n'auriez pas vu quelqu'un dans…

— Pas un chat. Il y avait deux femmes quand je suis parti. Maintenant que vous en parlez.

— Est-ce qu'elles sont allées à cette machine ? » La princesse désigne le numéro cinq.

— Pas que je sache. » Le dos à la porte, il entend quelqu'un entrer dans la laverie. Il ne se retourne pas, il reste planté, les yeux sur la princesse. « J'ai entendu dire qu'il y avait eu des vols, tout de même, dit-il. C'est terrible. On ne peut faire confiance à personne de nos jours. Tous les jeunes prennent des drogues. Pas étonnant qu'ils l'appellent le collège.

— Pardon ?

— Le lycée et la drogue. Pas étonnant qu'ils l'appellent le collège.

— C'est un cadeau de mon ami, dit la princesse en se grattant la tête. Pas vraiment dramatique. La valeur sentimentale, vous savez. »

Un doigt de culpabilité décrit des cercles dans son estomac. Il touche sa casquette, rabat la visière sur ses yeux. « Eh bien, mon petit, il faut que j'y aille. Terriblement désolé pour le corsage. Mais il faut que je rentre chez moi. Ma femme va faire une de ces histoires !

— Merci, dit-elle. Désolée de vous avoir retardé. » Oh, mais elle est charmante, cette princesse, avec ses cheveux blonds bouclés et ses lèvres roses. Il devrait peut-être courir chez lui le récupérer. Juanita n'en était pas folle, de toute façon. Elle n'aimait pas le volant bleu.

Une lourde voix râpeuse derrière son épaule. « La femme de qui ça pourrait bien être, monsieur Flaherty ? »

Il se retourne. Jésus, Marie, Joseph, que diable Clarence LeBlanc fait-il ici ? Debout près de la porte, la maigre gorgée d'eau a un méchant sourire sur le visage. « Vous n'avez pas de femme, Flaherty. »

Ses genoux se dérobent, son cœur cogne. D'où Clarence LeBlanc est-il sorti, que diable ?

« On parle de la femme de qui ? répète LeBlanc.

— Il faut que je rentre à la maison, mon petit, dit-il à la princesse. Excusez-moi maintenant. Le thé doit bouillir. J'espère que vous retrouverez le corsage.

— La femme de qui, monsieur Flaherty ? » LeBlanc se tient les bras écartés, bloquant la sortie. « Vous n'avez pas de femme.

— Si vous voulez bien m'excuser », dit-il à LeBlanc. Derrière lui, il entend la princesse bégayer.

« Il vous manque quelque chose, mademoiselle ? lui demande LeBlanc.

— Seulement un corsage. J'ai égaré un corsage. Ce n'est pas dramatique.

— Vous ne sauriez rien, par hasard, du corsage de cette jeune dame, hein, monsieur Flaherty ?

— Rien du tout. Vous m'excuserez... » Il pose la main sur l'épaule de LeBlanc pour passer. Bon Dieu, mais ce qu'il fait chaud ! LeBlanc lui donne une poussée dans la poitrine. Il trébuche en arrière.

« Espèce de vicieux, siffle LeBlanc. Vous êtes un vicieux, Flaherty. Voler des vêtements de femme. Je le sais depuis le début. »

Le jour où elle est partie, il se tenait devant la porte, exactement comme ça, sauf que c'était lui qui bloquait le passage. Il y a tant d'années. Une autre journée torride de La Nouvelle-Orléans. Elle avait des cheveux de Gorgone, couleur de cendres, cet après-midi-là, la peau tapissée de chagrin. Je chanterai pour toi, Juanita. Tu as assez chanté, je les ai toutes entendues. Je vais nous faire une nouvelle vie. Laisse-moi passer, s'il te plaît, Danny. Je ferai des efforts. Non. Je pars avec toi. Je vais à un endroit où tu ne pourras pas me trouver. Pourquoi ? J'en ai assez. De quoi ? De tout. Je ne comprends pas. Et tu ne comprendras jamais. Il a voulu lui toucher les cheveux. Elle s'est écartée. Il y avait des rides sur son visage à présent. Ils étaient tous les deux tellement plus vieux que la lune à qui ils avaient chanté leurs chansons. Quand reviendras-tu, Juanita ? Quand le soleil se lèvera à l'ouest, Danny, et peut-être même quelques jours après. Puis il s'était appuyé contre la porte et l'avait regardée partir.

C'était le 9 juillet 1967. Vingt-cinq ans jour pour jour. L'été de l'amour, ils l'appelaient. Un mauvais nom, et pas vrai du tout. Les cabarets, le gong, le tapis du ring, les films, la pure comédie de tout ça, l'émerveillement – enfuis. Il était tombé devant Caffola. Elle était tombée, un peu comme une déesse en argent. Leurs voix aussi étaient tombées. Quelque part, profondément, dans le ventre de la mémoire. Et l'espoir aussi. La cour de la cité était grise comme du granit le jour de son départ. Elle s'était glissée par la porte et il avait pensé au pays, loin, si loin. Le jardin de pierre. Le calcaire qui laisse filtrer l'eau. Les fondrières où l'eau disparaît. Les fleurs aux étranges couleurs. Elle reviendrait. Il attendrait. Le granit est imperméable. Il avait au moins appris ça. Le granit ne laisse pas passer l'eau.

C'est un lent coup de poing, le swing d'un vieil homme, et LeBlanc aurait dû le voir venir. Mais il atterrit fermement sur la mâchoire, en douceur, n'ayez pas peur, comme au bon vieux temps. Un craquement sain dans les doigts. Si seulement il avait pu frapper Caffola comme ça avant que ce salaud ne barbouille ses gants d'huile de moutarde. Le 9 septembre 1938. Il était tombé sur le flanc avec un bruit sourd. L'arbitre avait compté. Juanita sur le ring. Elle criait en espagnol. Lève-toi, Danny, lève-toi. Elle avait l'air d'avoir quatre yeux. Tout tournait. Il s'est écroulé contre les cordes. Fini. Plus rien. *A Chusla Mo Chroí*, et c'est terminé maintenant, Danny mon garçon.

LeBlanc tombe de la même façon, écartelé sur les chaises en plastique. Un paquet de cigarettes glisse de sa poche de chemise. La princesse pousse un petit glapissement. Il prend la porte et court.

Il saute un nid-de-poule et s'éloigne. Vite, vite. Un coup d'œil en arrière. Bien que tes pas soient lourds, légèrement tu trotteras vers ton amour. Et de deux, Flaherty. À la maison retrouver Juanita. Le thé est prêt. Un nuage de lait et une cuillerée de sucre, chérie. Il regarde par-dessus son épaule, la respiration lourde. LeBlanc est derrière lui à présent, à une centaine de mètres, du sang ruisselle de sa bouche. Oh, un bon coup de poing, celui-là. Je l'ai frappé comme il faut. Ça oui. Mettez-moi au panthéon de la gloire. Suspendez mes gants à côté de ceux du Brown Bomber. Un coup fabuleux, assurément.

LeBlanc rugit une phrase obscène derrière lui. Rien n'est donc sacré ? Mais il gagne vite du terrain. La banque. La boutique de poulet frit. Si j'ai le petit homme vert, pense-t-il, je suis sauvé. Juanita et moi, on pourra regarder Tyrone à la télé lancer ses jolis poings vers le ciel. Et, ce soir, je sortirai en douce pour laisser un corsage à Mlle Jackson. Blanc avec un volant bleu. Très joli ce corsage, mais Juanita ne l'a pas aimé. Les femmes. Elles sont si difficiles, nom d'un chien ! Cours, Flaherty, cours. Voyez dans quel pétrin elles vous mettent. Il jette un nouveau coup d'œil par-dessus son épaule. LeBlanc n'est qu'à une quarantaine de mètres. Bon Dieu, il est rapide, ce garçon. Il se jette dans la circulation. Et deux et trois. LeBlanc crie très fort. Eh bien, va te faire foutre aussi, mon mignon. Un hurlement de pneus. Dieu soit loué, l'homme vert n'est pas rouge. En avant. Le trottoir. Fonce. Vite, vite, vite. Il ne m'attrapera jamais.

Juanita, quand je serai à la maison, deux cuillerées de sucre, s'il te plaît. Pour faire passer la potion. Ensuite, je te chanterai la plus belle chanson que tu aies jamais entendue. Il dépasse la boutique de fleurs, arrive aux marches de l'immeuble. Et se retourne. LeBlanc est là. Il lève les yeux vers la cage d'escalier et les graffiti, puis de nouveau regarde où en est LeBlanc. Il se rapproche vite. Terriblement vite. Les poings serrés. Un affreux sourire sur le visage. Des yeux tranchants comme des rasoirs. L'escalier. Une, deux trois. Les graffiti. Une, deux. Il s'essouffle. Un. Un. Deux. Il s'appuie contre le mur. Il ne peut plus respirer maintenant. Il regarde en arrière. LeBlanc tend la main vers lui.

Nom de Dieu, pense-t-il avec un énorme sursaut du cœur, qu'on lui achète une brouette, à ce salaud.

Je peux placer un mot ?

Regarde-toi, avec ton sourire ébréché. On dirait le vase que maman gardait dans le placard de la cuisine, celui avec des fleurs. Fêlé vers le bas, comme un sourire à l'envers. Des marguerites, je crois que c'était, avec des petites figurines jaunes qui couraient entre elles. Un poète, une fois, a écrit un poème à propos d'un vase, ou d'une urne, quelque chose sur la beauté et la vérité. On en était loin de la vérité, ces soirs-là, hein ? Mais on valait le coup d'œil. Toi, quand tu gambadais dans la salle de bal comme une prière dans un raid aérien, tes cheveux vaporeux ruisselant sur tes épaules. Et quand, sur ton trente et un, du mascara aux yeux, tes cheveux roux flottant au vent, tu partais en douce pour la place avec Francis Hogan, le seul gars de la ville à avoir une auto. Lui, le coude passé à la portière, la cigarette au bec, ses boucles plaquées en arrière à la brillantine. Quel tableau ! Et moi, assise en amazone sur le tracteur rouge à Tommy Coyne, en route pour les champs derrière le bois de sureaux, pour aller faire les foins, comme on disait. C'était pas la belle vie ? Un tube de rouge à lèvres, c'était précieux en ce temps-là.

Pour les jeunes d'aujourd'hui, on était des oies blanches. On est là, maintenant, à recevoir des lettres de toute la planète de nos petits-enfants, et je mettrais ma main au feu que pour eux on a jamais fauté. Je t'ai parlé de la lettre que j'ai reçue la semaine passée du jeune Fiachra, à Amsterdam ? Il me dit que les tulipes sont bien jolies au printemps. Je te demande un peu, dix-huit ans, et il veut me faire croire qu'il regarde les tulipes ! Non seulement il fait les foins, mais il doit battre le blé aussi. Ils font ce genre de choses à Amsterdam. C'est loin de Tipperary. La route est longue – pour la culbuter, Harry, comme on a entendu Tommy Coyne chanter une fois, devant la salle de bal, assis à l'arrière de son tracteur. Dieu du Ciel ! Je veux pas être impolie, Moira, mais je te blague pas. Assis à l'arrière de son tracteur, les dents noires de jus de mûres, une mèche bouclée sur le front : *La route est longue, Pour Tipperary, Pour revoir la p'tite Mary, La route est longue, longue pour Tipperary, Pour la culbuter, Harry !* Dieu la bénisse. Dieu nous bénisse et nous sauve ! C'est les années, Moira. J'ai toujours eu la langue bien pendue, comme tu sais.

Rouge à lèvres. Tonique. Mascara. Une pointe de rouge à joues. Du noir à paupières. Tout le tremblement. Tu vas encore sourire. Arrête, bien sûr que oui. En tout cas, papa s'est pas mis dans une rogne terrible quand j'ai fait tomber la théière de la cuisine le soir qu'on est rentrées du bal ? Elle a éclaté sur les carreaux, la théière, avec un bruit d'enfer. Le bruit s'est répercuté dans la maison. Nous, on était là, le souffle chargé de boisson, dans ces robes bleues envoyées de Paris par tante Orla. Lui, grand comme l'élan de Rathcannon, il rugissait : « Vous deviez pas rentrer avant dix heures ? » Et on s'est de nouveau faufilées dehors toutes les deux, et, assises dans le carré de légumes près de la grange, on a ri comme des folles jusqu'au lever du soleil, ou pas loin. Et que je te barbouille le maquillage sur la figure, et que tu me barbouilles ! On devait avoir l'air complètement idiotes, assises au milieu des navets, dans nos belles robes bleues.

Le plus drôle, c'est que maintenant on est toujours couchées avant dix heures, et dans nos lits par-dessus le marché. Le temps a de curieuses façons. Mais c'est comme ça que ça se passe, pas vrai ? Papa, parti pour l'autre monde. Que Dieu ait son âme. Maman aussi. Et tante Orla avec elle. D'ailleurs, qui sait où Tommy Coyne, même, peut se trouver ces temps-ci ? Il est parti pour l'Australie un beau jour, bien avant que ce soit la mode d'aller là-bas. Tu te rappelles toutes ces blagues sur Tommy Coyne et les moutons ! Mon Dieu mon Dieu ! Attends une minute, Moira, la première chose que je vais faire, c'est te mettre un peu de tonique. Un nouveau produit de chez Max Factor. Il sent bon la propreté, tu trouves pas ?

Dieu tout-puissant ! On fait ça depuis j'sais pas quand. Tu te rappelles, quand on était toutes petites, les fois que maman partait au pub avec papa ? Lui, avec sa grande carcasse, dans son costume bleu, il lui criait de se dépêcher du bas de l'escalier. Et maman, toujours si méticuleuse avec le rouge à lèvres, pas vrai ? Elle arrêtait pas de se passer la langue sur les dents, la tête penchée sur le côté, en se regardant. C'est sûrement d'elle qu'on tient ça. Et nous, vissées de chaque côté, les yeux grands comme des soucoupes. Après, quand ils étaient partis, on sautait du lit pour s'installer devant le grand miroir encadré de chêne et se tartiner les lèvres, essayer les chapeaux de maman et faire des révérences au milieu de la pièce. On était de vraies terreurs en tout cas. Tu te rappelles, le soir qu'on a attrapé la chatte, comment elle s'appelait déjà, oh, comment c'était ? Luna ! C'est ça. Luna. Tu te rappelles, on l'a prise et on l'a couverte de fard, on lui a mis du mascara sur les moustaches, on l'a parfumée derrière les oreilles, la pauvre, et on l'a habillée d'un vieux chiffon de satin ? Sa petite queue remuait par-derrière. La pauvre bête sifflait et crachait comme une possédée dans toute la maison. Elle se cachait sous le lit. Et le chapeau que tu lui as fait avec un paquet de cigarettes de papa. Tout ce qui nous revient !

En tout cas, en parlant de théière, c'est drôle comme les choses changent. Avant, une théière était une théière. Rien de plus et rien de moins. Juste une théière. Mais j'étais à Dublin la semaine dernière, je gardais le petit Kieran, sa maman et son papa étaient partis à Londres pour un congrès de publicité. Eh bien, je l'ai emmené se promener au bord du canal, tout ce smog et ce néon sur les rives, et puis l'eau est dégoûtante maintenant, elle charrie des gobelets en polystyrène, même deux ou trois préservatifs qui flottent sur l'eau. Sans blaguer ! Qui se servirait de ces trucs, de toute façon, Moira ? Comme dit ton Sean, ça doit revenir au même que se laver les pieds en gardant ses chaussettes ! Mais, comme je disais, on jetait du pain aux canards, et tout d'un coup le petit Kieran me dit, il dit : « Regarde ces théières là-bas,

Granny. » Et il me montre deux garçons collés ensemble comme deux tranches de pain, sous le pont de Leeson Street, qui s'embrassaient en plein jour. Des théières. Je te demande un peu. Apparemment, ça aurait à voir avec la façon dont le bec s'incurve.

On va donner à ce tonique le temps de pénétrer, Moira, et puis on attaquera le fond de teint. Triste à dire, en tout cas, Larry et Paula, il paraît qu'ils émigrent, eux aussi. On a offert à Paula un travail dans ce groupe, Saatchi et Saatchi. Ils vont inscrire Kieran dans une école privée aux environs de Londres. Encore un qui va grandir avec l'accent anglais. Il va parler comme un cochon. Une honte. Et il verra plus que sa part de théières là-bas, laisse-moi te dire. Ce genre de choses, à Londres, c'est monnaie courante. C'est pas mieux qu'à Amsterdam. Bientôt, il restera plus du tout de McAllister en Irlande. D'ailleurs, tu te rappelles pas la fois qu'on a failli partir nous aussi ? En 1947, c'était ? L'anniversaire du jour J, si je ne m'abuse.

Tu te souviens pas qu'une fois on descendait la grand-rue, et ces deux soldats yankees sont passés devant la boucherie O'Connor, avec le grand store rouge. En grande tenue, beaux comme des dimanches. Ils se remettaient de la guerre, bien entendu. Les gars de la ville les aimaient pas. Surpayés, suraimés par les filles, et surtout, ici. Un brin de jalousie, je dirais, parce que, ils sont pas incroyablement beaux ces Américains ? Des dents superbes et tout. Bon. Tu te souviens ? Toi, avec ton corsage ocre et ta jupe en lin, et bibi avec son cardigan vert préféré, celui avec des fleurs au crochet sur le côté. Et on venait de se maquiller toutes les deux ; jolies comme des cœurs on était. Voilà que les deux Yankees s'amènent et ils nous demandent ce qu'un type peut bien faire le soir dans une ville pareille. Et, en moins de deux, on roulait sur la route de Cork, les fenêtres ouvertes, et ils chantaient toutes sortes de chansons bizarres. *Papa maman, Dieu tout-puissant, nous on est qui ? On tire un coup, merci beaucoup, on est l'infanterie !* Nous, on se bouchait les oreilles en faisant semblant d'être choquées. Dans la campagne, sous l'immensité des étoiles, ils nous disent que la voiture est en panne pour pouvoir nous raccompagner à pied dans le noir. Tu parles d'un stratagème ! On faisait mine d'avoir peur pour pouvoir s'appuyer contre eux. Une belle nuit d'été, hein ?

Mais on était tentées. Que ce soit dit, ici, aujourd'hui, on était tentées. Évidemment, mon Eoin et ton Sean auraient pas besoin d'entendre ça, mais on était tentées, c'est sûr. Oh oui. On continue, en tout cas. Un peu de fond de teint. Rien qu'un peu, là. J'ai apporté le meilleur de ma collection, évidemment. On va en passer un peu sous ton menton. Enlever le surplus ici, avec ma vieille brosse en poils de chameau. Tu es vraiment superbe maintenant. Ah, ce monde est triste des fois, mais il vous laisse des histoires tellement drôles !

Qui sait, on aurait pu être mariées à des Yankees ! C'est drôle, quand on y pense. Pour toi du moins, ç'a été le coup de foudre avec Sean et c'est ça qui fait tourner le monde, non ? *L'amour et le mariage, l'amour et le mariage vont ensemble comme un cheval et son attelage, ladidadidi, ladidadida, l'un sans l'autre ça va pas.* Mon Dieu mon Dieu. J'ai du mal à retrouver les paroles à présent. Entre toi, moi et les p'tits oiseaux, des fois je regrette d'avoir mis la charrue avant les bœufs, pour ainsi dire, en épousant Eoin comme je l'ai fait. Il a jamais été exactement... ma foi, c'était un homme tranquille. Mais, bon, au diable tout ça, y a assez de racontars par ce monde sans que j'aille en rajouter. J'ai pas raison ? Trop de chamailleries et de rancune partout. Mon Eoin m'a donné un bon foyer, Dieu bénisse son âme, il m'a bien traitée, même si des fois je le prenais d'un peu haut. Assez maintenant. Toi aussi, Moira, il t'a toujours beaucoup aimée. Il disait toujours du bien de toi. Il adorait ton rôti en cocotte, et je dis pas ça juste pour parler. Plus d'une fois, on l'a entendu jurer qu'il serait capable de courir jusqu'à Dublin et retour s'il savait qu'un de tes rôtis l'attendait.

Et en parlant d'hommes rapides à la course, Moira ! La fois où t'as rencontré ton Sean. C'était si drôle, pas vrai ? À ce bal à Greenore, tu portais cette robe en velours rouge un peu tombante sur les épaules. Osé pour l'époque. 1951. Octobre, si je me trompe pas. Ou peut-être novembre ? Il commençait à faire un peu froid, si je me souviens bien, et tu voulais pas porter de cardigan sur ta robe. Tu aimais bien te faire admirer, et pourquoi pas ? Tu as un corps que nous autres on t'a toujours envié, ça oui. Quoi qu'il en soit, tu te rappelles cette soirée ? Cette vieille salle pleine de courants d'air avec ses fenêtres crasseuses ? On était là, moi avec mon Eoin, jeunes mariés, en train de nous câliner, et toi à côté de nous à tenir la chandelle. Tu attendais un homme. Je te jure ! Me raconte pas de balivernes. Tu tirais la langue. Mais tu étais belle ce soir-là. Si, si. Avec cette robe rouge, bien maquillée, et ces nouveaux bas fantaisie. Et le voilà qui arrive de l'autre côté de la salle, ton Sean, à grands bonds sur le parquet, le chapeau de travers. Il sentait le Brylcreem, on voyait sa dent ébréchée, et il te dit : « M'accorderez-vous cette danse ou faut-il que j'embrasse la poussière de vos sandales ? » J'ai failli faire pipi dans ma culotte tellement je riais ! La poussière de tes sandales ! Et vous voilà partis tous les deux sur la piste, à danser et à rire. Tu as toujours dit que ç'avait été le coup de foudre, et pourquoi pas ? C'est un amour, cet homme. Il a toujours été bavard. En tout cas, moi, on peut plus m'arrêter, comme d'habitude. Il m'a donné ton petit mot aujourd'hui, ton Sean. Il m'a dit : « Maquille-la bien, Eileen. C'est un grand voyage. »

Et c'est vrai, c'est un grand voyage. Le fond de teint, Moira, il est étalé à merveille. Fais-moi confiance. Et, comme tu dis, tu veux voyager comme une princesse. Tu peux y compter. On était si expertes en maquillage, hein ? Même quand les enfants sont nés, et que l'institut de beauté a fermé, on a toujours trouvé le temps. On essayait le citron pour se débarrasser des taches de rousseur. Et ces masques aux flocons d'avoine, Dieu du ciel, ils étaient parfaits !

Mais, faut que ça sorte maintenant, jamais au grand jamais j'oublierai la fois que tu m'as massacré les cheveux. Après, j'ai eu l'air d'un vieil ours grincheux pendant des mois, et je le regrette. Mais faut voir ça à la lumière de l'époque. Pas deux mois après la naissance de Matthew. Tu m'as dit que je serais bien mieux si je cachais les cheveux gris que j'avais par-ci par-là. Tu étais à fond pour le style auburn. Auburn ceci. Auburn cela. Auburn. J'avais la tête dans l'évier chez toi, et je disais : « Tu es sûre de ce que tu fais, Moira ? — Bien sûr que je suis sûre. » Pas inquiète pour deux ronds. Et pendant cinq semaines après ça, ma tête a été orange fluorescent. Une carotte nucléaire que j'étais ! Lumineuse ! Une attraction pour touristes ! Tout le monde a trouvé ça très drôle quand le 12 Juillet est arrivé. Ils disaient tous : « Oh, on peut envoyer Eileen à Belfast pour le jour de l'Orangiste. »

J'étais furibonde, et je suis vraiment désolée de ce que j'ai fait à tes tournesols. Je te l'ai jamais dit, je sais. Mais c'était moi. Je regrette. Je leur ai coupé la tête avec des ciseaux, j'étais si furieuse. Mais mes cheveux étaient vraiment horribles, tu dois le reconnaître. Arrête ! C'est vrai ! Te fiche pas de moi. Eoin a pas voulu me toucher pendant des semaines. De toute façon, c'était pas un homme très passionné. Il arrêtait pas de me traiter de protestante. Les gosses pensaient que j'étais devenue folle. Moi, il a fallu que je porte cet horrible foulard, celui avec des billets d'une livre dessus, dans toute la ville pendant Dieu sait combien de temps. Je me rinçais les cheveux tous les jours pour essayer de faire partir la teinture. Bon, c'est dit, on peut en rigoler maintenant.

Mais on se débrouillait bien, c'est pas vrai ? Même quand y avait des rationnements, on trouvait toujours de quoi. Si, tu te souviens de ces pierres rouges qui donnaient un peu de peinture quand on les léchait ? Près de la rivière, étant gamines. Et l'eau sucrée pour faire tenir nos cheveux en l'air. Et le jus de framboise qu'on se passait sur les joues quand on avait rien d'autre. Ce qu'on a pu s'amuser avec ça ! À propos, Moira, on en est au rouge à joues. Yardley. Ce rose perle que tu as toujours aimé.

C'est curieux. J'ai jamais fait le rapprochement. Ces pierres, on les avait trouvées près de la rivière, exactement à l'endroit où ton Sean et le petit Liam ont voulu construire votre pavillon. Moira, ces sandwiches aux crudités ! Ces thermos de thé ! C'était pas le bon temps ? Ton Liam, il travaillait sur la maison. On y allait avec son déjeuner et il disait, suspendu aux chevrons : « M'man, tantine Eileen, vous êtes sûres d'y avoir mis assez de mayonnaise aujourd'hui ? » Il a toujours adoré les sandwiches aux crudités. Et, après, on redescendait en ville avec une autre thermos et des sacs en papier pour les hommes. On se retrouvait au parc et on étalait la grande nappe blanche. Ton Sean, il laissait toujours les empreintes de ses pattes sales sur la nappe. Affreux. Et tu te rappelles pas le jour que j'ai passé le permis ! Sean avait laissé une grosse clé à molette pleine de cambouis au milieu du siège du passager, par mégarde. Moi, j'étais si nerveuse que j'ai oublié ; l'inspecteur arrive et s'assied sur ce sacré machin. Moira, faut dire qu'il faisait un peu tapette, avec son pantalon crème, tu trouves pas ? Il était si collet monté, cet imbécile, qu'il a pas bronché. Il m'a recalée. Et moi qu'avais même pas touché le trottoir en faisant mon demi-tour. J'étais blême. Mais ça valait le coup, quand même. Cette grosse tache de cambouis sur le cul de son pantalon. Le voir partir en se dandinant. Une théière, comme aurait dit Kieran.

Ce rouge est fantastique. Il s'harmonise parfaitement. C'est incroyable ce qu'ils savent faire de nos jours. Mais je parle, je parle, et je vais rater le maquillage ! Seigneur ! Tes tournesols. Je pense encore à tes tournesols. Et toi qui voulais les présenter au concours floral. Je suis désolée, maintenant. Vraiment. Je suis arrivée et, clic-clac, plus de tournesols.

Eh bien, ça va être la famille ces jours-ci, on va

tous être réunis de nouveau. Les enfants comprennent jamais à de pareils moments, et c'est aussi bien qu'ils s'amusent un peu. On prendra la petite Orla, et Fiona, et Michelle, et on leur montrera à se maquiller. On verra même si les filles à l'institut de beauté vont me laisser occuper un siège pour apprendre aux petites quelques trucs du métier. Oh, mon Dieu mon Dieu, ce serait pas tordant ? On emmènera les garçons au pont pour pêcher et peut-être même se baigner, avec le temps chaud qu'on a en ce moment. Comme ça, nous autres, on sera un peu tranquilles. Entre adultes. Je sais que j'ai pas dit que du bien de mon Eoin, mais j'aimerais vraiment qu'il soit là. Mais bon ! Je suis heureuse, quand même. C'est vrai. Les lettres des gosses et tout, m'occuper de la maison, faire cuire du pain une fois de temps en temps. Aller garder le petit à Dublin quand ça se présente. Et me promener en ville, tout simplement. Mais la rivière va mal, comme tu le sais. À cause de l'usine de produits chimiques, des types se baladent avec leurs compteurs Geiger ou je sais pas quoi. Bientôt, on sera tous lumineux. Encore un tour pour moi avec les cheveux orange, je parie. Un peu plus de rouge ici. T'inquiète pas, Moira, tu as des pommettes magnifiques ! J'en ai toujours été jalouse.

Attends, laisse-moi une minute, et on attaque les yeux. Un petit coup de crayon d'abord, il me semble. Le vert mousse. Au-dessus des cils. Aaah. Bon. Mmm. Encore un peu ici. Mais tu trouves pas ça terrible ? Ils étaient là, à nous promettre une centaine d'emplois, et tout ce qu'on récolte, c'est une rivière dans laquelle on peut pratiquement plus nager. Mais, mon Dieu, j'étais là-bas, l'autre jour, et faudrait que tu voies les maillots que portent ces gamines ! Des strings minces comme des lacets. Des bouts de tissu presque inexistants. On voit les poils où je pense. Je te demande un peu, Moira ! Ça laisse rien à l'imagination. Mais pourquoi pas, après tout ? Quand on a ce qu'il faut, on le montre. Au diable Dieu et le pays ! Je veux pas vraiment dire ça, Moira, mais tu me comprends. C'est pas comme si on était blanches comme neige ou pures comme des colombes. Nous aussi, on avait tendance à se tortiller quand on avait ce qu'il fallait, pas vrai ? Sauf qu'on a jamais porté des maillots pareils. Attends, je recule un peu pour voir où j'en suis.

Un vrai régal pour les yeux. Qu'est-ce que t'en penses ? Encore un peu ? Bon. Allons-y. Merveilleux. Mazette, c'que t'es chouette ! Après on verra ce qu'on peut faire avec l'ombre à paupières et le mascara. On te met du vert clair sous les sourcils. T'as toujours eu les yeux si verts. Ah, Moira, tu m'as fait plaisir avec ton mot, aussi curieux que ça paraisse ! Ton Sean, quand il s'est réveillé ce matin, la première chose qu'il a faite, il a pris son téléphone pour m'annoncer la nouvelle, en disant qu'il avait cette enveloppe cachée depuis des années dans le tiroir du bas de sa commode. Il est venu me l'apporter en voiture. On pleurait tous les deux. T'as jamais fait de manières, jamais. C'est comme ça que je voudrais faire les choses moi-même. Pas d'embarras, pas de chichis.

C'était une belle lettre, quand même. Quelle merveilleuse idée ! Quand est-ce que tu as bien pu l'écrire ? Sean a dit qu'il l'avait depuis des années, et que souvent il a eu envie de l'ouvrir. En tout cas, on est allés voir McCartan sous la pluie pour prendre les dispositions à prendre, et le vieux McCartan disait :

« C'est une très curieuse requête, je ne sais pas si on peut. » Et ton Sean – il t'aime tant, vraiment –, il l'a pris à part et lui a dit qu'il lui donnerait un petit extra s'il me laissait te pomponner. McCartan, il a un côté rapiat des fois. Il s'est raclé la gorge un moment. Sean lui a glissé un autre billet, et McCartan a tout préparé pour moi – il t'a donné un air paisible et tout. Mais il essayait encore de me dire que ça pourrait me chambouler. Me chambouler ! Je te demande un peu. Après toutes les fois que j'ai fait exactement la même chose. Sortez-vous cette idée de la tête, monsieur McCartan, je lui ai dit. Personne est plus qualifié que moi. Je vais bien la maquiller. Bien sûr, on fera un brin de causette, on parlera du bon vieux temps.

L'énorme vélo de Liam avec les garde-boue violets ! Orla, quand elle a gagné la course à pied à la foire du comté ! Et toi, qui as brûlé le rôti le jour de la démission de Haughey ! Les vacances à Bray : Eoin marche sur la promenade, le vent emporte son chapeau, et une mouette lui laisse un cadeau sur la tête ! Mon Dieu mon Dieu. On a pas eu la belle vie ? Et tous les souvenirs qu'on a ! Il râlait comme un beau diable, il jurait comme un charretier, avec cette saleté plein son mouchoir. Je pourrais jacasser toute la nuit, Moira, mais regarde-moi un peu, j'ai pas encore fini tes yeux, sans parler du rouge à lèvres, et tout ce monde qui va te voir bientôt. Je ferais mieux de m'y mettre.

On dirait que la moitié de la ville est allée à l'aéroport aujourd'hui pour chercher ceux qui viennent. À Shannon et à Dublin. Ils seront là plus tard pour dire bonjour. Même le jeune Fiachra. Lui et ses tulipes d'Amsterdam. Quel petit chenapan ! Bon, cette couleur est parfaite. Du vert foncé qui s'estompe doucement. Parfait. Je t'assure. Tu es belle comme un astre. Tu te rappelles Fiachra, pas un poil sur le caillou jusqu'à trois ans ? Ça poussait jamais, hein ? Tu l'avais emmené au supermarché de la grand-rue quand Ciara était couchée avec la grippe, en 76. Et cette vieille taupe, Mme Roche, qui vient vers toi et te demande pourquoi diable tu as permis qu'on rase les cheveux de ton petit-fils. Elle te murmure à l'oreille : « C'est votre sœur Eileen qui lui a fait cette horrible coupe de cheveux ? » Et toi, tu l'as giflée avec un chou-fleur pour avoir insinué ça ! Oh, Seigneur ! j'aurais voulu être une mouche. Bien fait pour elle. En tout cas, je sais que c'est pas poli de chuchoter, mais tu savais que sa plus jeune est en cloque, comme on dit ? Aussi vrai que Dieu existe, Moira. De six mois. Qu'est-ce que t'en penses ?

Voilà, et on va enlever le mascara en trop sur les cils. On aura bientôt fini. Mais le rouge à lèvres, je dois le poser exactement comme il faut. C'est le plus important, je dis toujours. Des lèvres parfaites, et la bataille est gagnée. Tu vas hisser pavillon haut. Voilà. Oui. Aah. Du crayon d'abord, bien sûr. Sean et toi à votre mariage, c'est la photo la plus drôle. Il est debout devant l'église, des confettis plein les épaules, avec un sourire éclatant, le lys dans sa poche de poitrine, les gens lui tournent autour, et là – en plein milieu de la joue – une énorme marque de rouge à lèvres. Tu avais passé la moitié de la matinée à te le passer parfaitement, ce rouge, et puis tu vas le lui barbouiller sur la joue. Seigneur, ma fille ! C'était le bon temps ! Écoute-moi, je parle, je parle, et cent personnes qui attendent de te voir. Mme Burden a fait les sandwiches, et Tommy Farrell, il a une tonne de whisky pour la soirée. C'est le père Colligan qui va dire la messe, et Mlle Bennet, de l'école, nous prépare de beaux bouquets. Ce rouge est vraiment pas ordinaire, laisse-moi te dire, il te fait les lèvres pleines, il te flatte, je t'assure. Estée Lauder, s'il te plaît ! Rose pâle.

Comme un train en folie, je parle. Ah, mais tu pouvais jamais placer un mot, hein, Moira ? C'était toujours moi qui jacassais, quoi qu'il arrive. Depuis le premier jour. Et, bien sûr, je viendrai te voir toutes les semaines. Sean t'a trouvé une jolie place bien tranquille, pas trop loin de l'endroit où est votre petit Liam. La seule chose, c'est que la vieille usine va cracher un peu de fumée dans ta direction des fois, sinon, tu aurais sûrement une vue dégagée jusqu'à Dublin, presque. À quelques mètres du gros vieux châtaignier, tu seras. Et jamais seule, entre les garçons venus ramasser les marrons et moi-même, en personne. Je viendrai te casser les oreilles, comme d'habitude. Assurément. Bon, il vaudrait mieux que je me ressaisisse, parce que je me suis promis de pas pleurer. Et tu me connais, quand je me promets quelque chose. Mais je vais te dire, et ça c'est une autre promesse.

Tu sais ce que je vais faire la semaine prochaine ? Voilà ce que je vais faire. Je vais acheter un paquet de graines de tournesol. Voilà. Et au diable le reste. Chez McKenna. Je vais aller chez McKenna m'acheter un petit plantoir et un peu d'engrais. Je mettrai mes vieux sabots et mon grand chapeau. J'irai près du châtaignier. Je sèmerai les graines, mais pas à l'ombre. Et puis je prendrai le temps de les regarder pousser. Tous les jours. Et si quelqu'un vient avec des ciseaux, je te le fiche à la renverse pour un bon bout de temps. C'est une promesse. Entre nous. Je les arroserai tous les jours. Attends, je recule et je te regarde. Je recule un peu. Je les arroserai tous les jours. Hm-hm. Encore un coup d'œil. Une minute. C'est ce que je vais faire.

Moira, laisse-moi te dire une chose. Écoute. Tu es magnifique. Vraiment. Je te jure. Absolument magnifique. Un joli sourire paisible. Mon Dieu, tu es magnifique. Vraiment, vraiment magnifique.

E pluribus unum

J'adorais la façon qu'elle avait de peindre des quarters. Elle concoctait des tas de couleurs fabuleuses pour les colorier. Ne me demandez pas comment elle les faisait tenir, parce qu'elle devait utiliser un pinceau très fin, et pour une femme petite ses doigts étaient plutôt épais. Je rentrais du travail le soir vers cinq ou six heures, et elle était dans la serre derrière la maison – dont nous avions fait un petit atelier –, penchée sur la table, absorbée dans la tâche de donner des couleurs à ces pièces. Elle ne me laissait jamais entrer vraiment dans l'atelier. C'était son endroit à elle. Parfois, je l'observais depuis la cuisine, elle se déplaçait comme une bulle dans son grand tablier blanc, derrière tous les pots de fleurs, comme si elle était portée par le souffle du gros ventilateur. Il fait chaud à Dallas l'été de toute façon, mais, dans la serre, l'air était si brûlant qu'on aurait pu y frire des œufs.

Je n'avais jamais vu ces quarters avant un samedi après-midi où elle était partie faire du canoë sur les

Brazos avec Jeanie. J'essayais de réparer sa vieille Karmen Ghia, et je cherchais un tournevis pour faire sauter les clips rouillés de la tête du delco. Aussi je suis entré dans la serre où je pensais trouver d'autres outils, et j'ai vu toutes ces pièces sur la table. Il y en avait des rangées et des rangées, et toutes étaient peintes.

Parfois l'aigle avait des ailes multicolores. Il avait souvent une petite image sur la poitrine – une télévision, une tour de radio, une voiture. La branche d'olivier était toujours jaune, je ne sais pas pourquoi. Les plus curieuses étaient celles où l'on voyait à l'intérieur du crâne de George Washington. C'est vrai, voilà un type dont tout le monde est fou, le père de la nation et tout ce qui s'ensuit, et soudain il a une pomme minuscule dans la tête, ou d'étranges animaux sur sa coiffure poudrée, ou il porte du rouge à lèvres, ou le petit catogan au bout de sa perruque ressemble à une carte de l'Amérique centrale. Et il y avait toujours des petits points le long de la date. 1974 avait des points jaunes, 1989 des verts, ce genre de truc bizarre. Et dans chaque espace il y avait des couleurs psychédéliques. Elle peignait les lettres, et l'une des pièces disait, en rose fluorescent, IN O WE TRUST, parce qu'elle n'avait colorié ni le G ni le D [1].

Je n'ai jamais été fou d'art moderne. C'est-à-dire, j'aime bien Remington, ce genre de choses, mais pas les autres conneries. Mais ça, c'était pas des conneries, vous savez. C'était plutôt drôle, vraiment. Je les aimais bien. Laura n'était pas contente quand elle a découvert que j'étais entré là-dedans. « C'est

1. L'inscription sur les pièces américaines est : IN GOD WE TRUST, « En Dieu nous plaçons notre confiance ». *(N.d.T.)*

mon atelier, pour l'amour du ciel. » Elle a vraiment insisté sur le « mon ».

« C'est ma maison, ai-je dit.

— C'est mon travail.

— Tu es ma femme.

— Et tu es mon mari, putain. »

On était mariés depuis trois ans, et c'était vers la Saint-Valentin, mais on l'avait oublié l'un et l'autre. C'était peut-être à cause de tout le travail que je faisais au labo, parfois dix ou douze heures par jour – j'étais l'assistant d'un professeur qui construisait des arbres phylogénétiques de moineaux, il décomposait leur ADN puis les regroupait. Elle aimait dessiner tout le temps. Elle était de bonne famille, son père était banquier d'affaires à Houston, et je crois qu'elle avait passé une grande partie de son adolescence à peindre.

Une fois, je me suis réveillé et je l'ai surprise assise à côté du lit en train de dessiner mon visage sur l'un de ces quarters. Elle était penchée sur le lit avec ces minuscules pinceaux et une palette, les cheveux attachés en arrière, l'air vraiment sérieux. Oh, là, là ! qu'est-ce que j'aurais voulu le voir, celui-là ! Mais j'ai cherché, cherché dans la serre, et je ne l'ai jamais trouvé. Je savais qu'il était quelque part, parce qu'elle m'avait dit qu'elle ne les dépensait jamais. J'ai cherché pendant des heures, dans tous les pots de fleurs, sous le présentoir en fer forgé, sur les rebords, mais il n'a jamais réapparu. Elle a dû me peindre avec de grands yeux noirs, le front dégarni, de grosses bajoues et tout ça, même si ce n'est pas vrai.

Mais j'ai trouvé d'autres pièces. C'étaient des autoportraits, son visage peint par-dessus celui de Washington, une longue crinière de cheveux roux dans le dos, l'œil entouré de mascara, la lèvre éclatante. Elle était jolie, c'est vrai. Je voyais bien pourquoi elle se peignait. Elle avait toujours été jolie, depuis le premier jour. Alors j'ai pris l'un de ces quarters et je l'ai mis dans mon portefeuille. J'aimais bien le regarder quand j'étais au boulot. L'essentiel de mon travail, c'était de prélever des échantillons de sang.

Je suis arrivé à la maison un soir, et elle n'était pas encore rentrée, alors je suis allé dans un bar. Nous habitons un bon quartier, et le bar le plus proche n'est pas loin de l'autoroute. C'est un endroit sombre, des tas de consommateurs dans les coins. On voit de drôles de personnages là-dedans. Mais, en fait, c'est incroyable ce qu'on ignore sur les gens. J'étais assis au bar, je parlais avec le Paul, le barman. Il se trouve que ce type s'occupe d'ordinateurs en dehors de son boulot. Comme il n'y a presque personne, on parle longtemps, de séquences d'ordinateurs, de recherche, de trucs sur les moineaux, quand soudain il montre ma main en riant et il m'attrape par la joue.

« Vous aussi, vous avez une petite activité parallèle ? » me dit-il. Je baisse les yeux et je m'aperçois que je tripote mon quarter depuis une demi-heure. C'est le portrait de Laura. Ce visage est plein de jaunes et de rouges.

Je lui demande de quoi il parle. Alors il fouille sous le comptoir et sort une vingtaine de ces quarters. Ils lui coulent entre les doigts, bon sang ! Washington avec le signe de la paix sur le front, un autre avec le mot LIBERTY raccourci pour qu'on lise BERT, l'aigle affublé d'un soutien-gorge, des tas de couleurs partout. Il dit qu'il aime bien les collectionner quand des clients viennent du Rose un peu plus loin dans la rue. Ce sont les types du Rose, et parfois les filles, qui les apportent. C'est l'une des strip-teaseuses de l'après-midi qui les fait.

« Ils mettent les quarters dans le juke-box, dit-il, comme ça, à la fin de la nuit, ils les reconnaissent. On en voit des rouges, des verts, des bleus, de tous les styles. Mais ceux-ci sont super. Cette nana est une artiste. J'aimerais bien la voir danser. »

Je ne sais pas grand-chose, mais ce que je sais, c'est que c'est fou ce qu'on peut ignorer. Quand je suis rentré ce soir-là, j'avais envie de prendre la Karmen Ghia, de foncer sur la serre, de démolir la verrière et de tout mettre en pièces. Quand Laura est rentrée, tard, elle est allée directement dans son atelier. Elle était terriblement jeune et jolie. Elle est passée devant moi en coup de vent et m'a dit : « Tu as l'air fatigué, trésor. » Elle a vraiment dit ça. Elle a dit « trésor ». Je suis resté assis dans la cuisine, à me demander quel genre de visage elle dessinait cette fois.

La rivière de l'exil

Les femmes pêchaient. Elles pêchaient en quête de leurs fils dans la rivière couleur de prunelles qui coulait à travers la petite ville de Westmeath, tandis que les pères jouaient au football, sans leurs fils, dans un champ à huit cents mètres de là. Des cris faibles dérivaient sur l'eau comme des hirondelles paresseuses, troublant le silence des femmes. Elles lançaient avec un espoir fou, vingt-six à l'unisson, alignées dans la boue du quai, en faisant siffler la canne par-dessus leurs épaules. Elles avaient écrasé des morceaux de pain frais sur les hameçons, de sorte que, lorsqu'elles lançaient leurs lignes, le pain volait au-dessus de la rivière et restait suspendu un instant, décrivant dans l'air de curieuses arabesques, soleils, culbutes et plongeons. Le pain touchait l'eau avec un léger clapotis, et les ondulations se refermaient doucement.

L'aurore boréale commençait à effleurer le ciel d'une lumière couleur de peau, de bouteille de vin et des maillots ambrés de l'équipe de foot. Des nuages somnolents glissaient, reflétant les couleurs du Nord.

Un colley dormait sur le seuil de l'unique pub. La grand-rue était jonchée de détritus.

Les femmes se tenaient à l'écart le long du quai, se laissant de la place pour ne pas emmêler leurs lignes. Mme Conheeny portait un foulard décoré de corgis, qui jappaient, les petites bêtes, autour de ses cheveux gris. Elle avait encore de minuscules boules de pâte sous les ongles. Ses bottes en caoutchouc étaient maculées de boue. Elle arquait le dos dans le geste familier de ramener la ligne vide. Chaque fois qu'elle lançait, elle retroussait sa lèvre supérieure et plissait les rides profondes de ses joues. Elle se demandait comment le père March, le vieux prêtre dont elle tenait la maison, se débrouillait dans son rôle de gardien de but. La plaisanterie qui courait en ville, c'était qu'il n'était bon qu'à sauver les âmes. Tout en déroulant un peu de ligne, elle s'inquiétait pour son mari. Demi droit, il sentait peut-être sa douleur au genou, souvenir d'une ancienne déchirure aux ligaments.

Appuyée contre le mur, grande, la poitrine lourde, elle soupirait et fendait l'air de sa canne.

À côté d'elle, Mme Harrington, la femme de l'artiste, avec l'énergie d'un saumon qui remonte le courant, fouettait la canne d'arrière en avant aussi adroitement qu'une pêcheuse à la mouche, déchirait des croûtes du pain cuit dans son four, les empalait sur le gros hameçon gris et les lançait sur la noirceur de l'eau, en trépignant sur la berge boueuse. On avait mis son mari au poste d'inter gauche dans l'espoir que sur un coup de folie il pourrait marquer un but de raccroc. Mais, de l'avis général – du moins selon M. Conheeny –, l'aquarelliste ne valait pas un pet de lapin sur le terrain. Et pourtant, plaisantaient-ils tous, il avait de la vitalité. Il pouvait encore tenir sa place contre les autres équipes du comté, qui toutes parvenaient encore à faire galoper quelques jeunes.

Mme Conheeny se gratta le front. Pas plus de poisson que de polisson au pays, pensa-t-elle en récupérant sa ligne et en regardant une enveloppe de chocolat bleue soulevée par un coup de vent descendre en voletant sur l'eau.

Le colley quitta la porte du pub et, prenant la grand-rue d'un pas noble, il passa devant l'alignement de maisons identiques et fouilla du nez les détritus à côté du kiosque à journaux. Des clameurs fendaient l'air tandis que le soir dérobait les formes. Chaque fois que les femmes entendaient le sifflet, elles levaient la tête, espérant que le match était fini pour pouvoir démonter les cannes et rentrer à la maison, courbées sur leur panier de pique-nique.

Mme Conheeny observait Mme Hynes de l'autre côté de la rivière. Le visage plâtré de fard, elle tripotait prudemment un moulinet de ses ongles pointus. Mme King était là avec sa canne en graphite. Mme McDaid avait eu l'idée de mettre des raisins de Corinthe dans son pain. Mme O'Shaughnessy faisait siffler une longue tige de bambou – croyait-elle pêcher dans le Mississippi ? Mme Bergen, le visage plissé de douleur à cause de son arthrite, aurait bien voulu que ses doigts bougent un peu mieux, comme autrefois sur le vieil accordéon. Mme Kelly buvait des gorgées du meilleur Jameson à sa petite flasque en argent. Mme Hogan, avec la vivacité d'une luciole, lançait de gestes prestes du poignet. Mme Docherty ramenait sa ligne comme si elle rassemblait les plis de sa jupe. Et Mme Hennessy pelait tranquillement la croûte d'une tranche de pain de mie.

Plus loin, le long du mur crépi, Mme McCarton fredonnait doucement une bribe de chanson. *Coule, jolie rivière, coule doucement, près de tes eaux si claires de l'alouette s'élève le chant.* Son mari était capitaine de l'équipe, un homme aussi large que haut, qui dans sa jeunesse avait marqué ses trois buts par match. Mais l'équipe n'avait pas remporté un match en deux ans, depuis que les enfants avaient commencé leur exode.

Elles attendaient, les femmes, et elles lançaient toutes ensemble.

Quand le sifflet fendit enfin longuement l'air, et que les couleurs prirent des formes qui se jetaient contre le ciel du Nord, elles démontèrent leurs cannes avec des gestes lents et fixèrent les hameçons dans l'anneau du bas. Elles se regardèrent en hochant la tête. Encore une journée de pêche infructueuse. Ouvrant les paniers de pique-nique et les sacs de déjeuner, elles rangèrent le pain et attendirent que les Ford Cortina, les Vauxhall et les Opel Kaddet, ainsi que le tracteur bleu de M. Hogan, descendent lourdement le chemin pour venir les chercher.

Leurs maris arrivèrent, leur maillot ambré couvert de boue, le visage allongé par une nouvelle défaite, jurant sous la fumée de leur pipe, des craquements dans leurs vieilles articulations.

Mme Conheeny, rajustant son foulard, regarda approcher la voiture de son mari. Elle le vit se pencher et ouvrir la portière d'un geste rituel avant même de s'arrêter. Elle baissa la tête pour monter, posa la canne et le panier sur la banquette arrière.

Faisant signe aux autres femmes qui attendaient encore, elle retira son foulard.

« Ça a donné, chérie ? »

Elle secoua la tête : « Pas une touche. »

Comme ils s'éloignaient, elle regarda la rivière couleur de prunelles, puis soupira. Un jour, elle lui dirait que ça ne rimait à rien, ces efforts pour pêcher les rejetons alors que la rivière ne ressemblait en rien à la Tamise, la Darling, l'Hudson, la Loire, ni même aux bords du Rhin, où leurs trois fils travaillaient dans une usine de voitures. Tapant des deux mains sur le volant, il remarqua avec un rire triste : « Eh bien, en tout cas, putain, on a vraiment besoin de sang neuf en milieu de terrain. » Mais elle savait que lui aussi irait pêcher ce soir-là. Il se glisserait sans bruit hors de la maison, descendrait à la rivière et, comme elle, lancerait en vain.

Complètement déjantée

Une drôle d'oiselle, celle-là. Des rhododendrons accrochés dans les cheveux. À la voir se ronger les ongles, on dirait qu'elle meurt de faim. Hier, elle a passé l'après-midi à tourner autour d'une flaque près de la serre, à marcher en rond à croire qu'y avait pas de lendemain. Elle a traîné de la boue partout sur le sol, putain, alors que je l'avais fait briller à mort. Aucune considération. Mais elle est pas si mauvaise, après tout. Sa robe de chambre bâille un peu et te laisse voir un bout de sein. La façon qu'elle a de regarder fixement par la fenêtre, on jurerait qu'y a quelque chose à la télé dans les étoiles, bordel. *La Charrue et les étoiles* [1], avec ce putain de Tom Cruise. Quand même, une petite coupe de cheveux, ça lui ferait pas de mal, avec ces longues mèches folles qui lui tombent sur la bouche. Dolores, en lui faisant prendre un bain, hier, a dit qu'elle sentait un peu fort

1. Titre français de *The Plough and the Stars*, de Sean O'Casey. *The Plough* est le nom de la Grande Ourse. *(N.d.T.)*

sous les bras. Qui sentirait la rose après avoir traîné dans la ville pendant des jours sans jamais se laver, nom de Dieu ? Elle chantait une foutue chanson quand on lui a collé une brosse à dents dans le gosier. Et assez de tranquillisants pour assommer un cheval.

Sa famille était dans les chemins de fer. Je l'ai reconnue tout de suite quand on l'a amenée ici. Ils étaient venus de Dublin y a une douzaine d'années avec sa maman et son papa. Ils habitaient dans un vieux wagon orange, un fourgon de queue, au pied des collines. Drôle de maison, ça, putain, un wagon de chemin de fer posé au milieu de nulle part. Monté sur des blocs en ciment et tout. Entouré de plates-bandes, de murs en pierre et de champs verts, pas étonnant qu'elle ait pété les plombs. Tchou, tchou, on descend la vallée, putain ! Elle tchou-tchoutait comme il faut quand les flics l'ont amenée ici. Elle cognait ses petites boucles brunes contre la portière de la voiture de police, en délirant à propos de son wagon.

J'oublierai jamais la première fois que j'ai vu ce machin, y a des années, à l'arrière d'un énorme camion qui le transportait de la gare. Il arrive dans la grand-rue, j'ai failli en chier dans mon froc. Un mastodonte orange, un peu rouillé après être resté si longtemps au bout de la voie. Vous parlez d'un boulot ! Ça a dû lui coûter la peau des fesses, à son vieux, de louer ce camion et un treuil, plus dix costauds pour aider à le trimballer en haut de la colline. Je me souviens, elle regardait par la fenêtre, complètement perdue, la pauvre, quand il a tourné le coin. Elle avait pas plus de huit ans, des rubans dans les cheveux. Moi, j'en avais que six, la main entourée d'un gros bandage vu que je m'étais fait éclater un feu d'artifice dans le poing. Je me suis mis à courir après ce sacré machin, mais il allait bien trop vite. Plus tard, tous les autres gamins sont montés dans la vallée quand on l'installait sur des blocs, pour lui demander si elle pouvait sortir jouer. Non, son papa a dit, *il faut qu'elle étudie*. On a tous su qu'il était pas net, après ça.

Son père, c'était un de ces types qui regardent les étoiles et dressent des cartes. Comme Darryl Hannah dans le film *Roxane*, avec le mec au grand nez. Mais son papa était un petit bonhomme avec un béret. Il restait toujours au wagon. Des fois, un grand télescope sortait du toit. On racontait qu'il dormait la journée et travaillait la nuit, et une fois il a même fait un voyage en Californie pour regarder dans un énorme télescope. Il faisait peut-être un rapport sur ce truc qui la branche ce soir, la Charrue et les étoiles. Elle est là, à se balancer près de la fenêtre, à genoux sur le lit, en regardant dehors comme si elle disait ses prières. Juste à côté de Maggie la Geignarde, en plus. Elles font une sacrée paire. Et attendez un peu que la Georgie revienne. Va y avoir du grabuge alors, je vous en fiche mon billet.

Sa mère, elle était spéciale aussi. Elle écrivait des livres sur les arrangements floraux. Un sujet épatant, à condition qu'on vous ait fait une bonne lobotomie dans les six derniers mois. Elle partait toujours pour les expositions de fleurs avec toutes sortes de seaux sur le siège arrière. Comment elle faisait pour qu'ils rebondissent pas, avec les foutus nids-de-poule sur les routes de par ici, je saurai jamais. Des fois, je la voyais près de la rivière en train d'examiner des fleurs avec un microscope. Y a de drôles de gens dans le coin, ça oui.

Je faisais une sieste dans la réserve et les infirmières papotaient à son sujet. Paraît que son père aimait les chevaux autant que les étoiles. Avant l'accident de bagnole sur la route de Swinford, il avait mis un paquet d'argent dans la cinquième, à Leopardstown sur un cheval appelé Tycho. Tycho est tombé à la deuxième haie, et le vieux, il a jamais dit à personne que le wagon, tout d'un coup, appartenait à une banque là-bas à Dublin. Dur dur. Un jour, on mène la belle vie, on habite dans un wagon, votre vieux regarde les étoiles, la chère maman s'occupe des pots de fleurs, et les choses vont pas mal du tout du tout. Le lendemain, votre papa et votre maman se font écrabouiller en bagnole dans le putain de virage de la route de Swinford, le testament vaut pas un clou, et, avant que vous ayez le temps de dire ouf, la banque possède le wagon, et vous avez pas deux sous en poche. Et vlan ! vous voilà à la rue, deux sacs en plastique à la main, les magasins Dunnes, les rois du rapport qualité prix.

Pas étonnant qu'elle soit assise là à trembler comme une feuille.

Les infirmières disaient que la banque lui avait laissé le wagon six bons mois après l'accident, et c'est vrai, parce que moi-même je l'ai vue là-haut un jour : assise sur une chaise longue, elle regardait passer le monde, tranquille comme Baptiste. Je lui ai fait un signe, mais je crois pas qu'elle m'ait vu. Maintenant la banque est en pourparlers avec la compagnie minière, alors elle est à la rue, pauvre fille. Le directeur de la banque lui a prêté un appartement près des bureaux du journal y a quelques jours, mais elle a pas voulu rester. Un peu bête de sa part. Les gardiens la trouvaient sur la route du wagon à chaque minute de la journée, bordel, elle gueulait qu'elle devait s'occuper des plates-bandes de sa chère vieille mère. Je l'ai vue, une fois, sous le pont, elle s'égosillait, plein de fleurs dans les cheveux. Je lui ai fait un signe aussi, mais pareil, bon sang. C'est de la folie, si vous voulez mon avis. Debout au milieu de la rivière, dans l'eau glacée, putain.

Elle est pas commode, en plus. J'ai dû lui attraper les pieds quand ils l'ont amenée ici. Forte comme un bœuf. Comment ça va, Wonder Woman ? Barney a été un peu dur avec elle, quand même. Il aurait pas dû la gifler en pleine poire comme ça quand les infirmières regardaient pas. Il dit qu'elle lui a craché dessus, mais Barney est un sale menteur, des fois. *J'te parie que celle-là aussi elle va nous casser les sièges des toilettes, attends un peu voir*, c'est ce qu'il a dit, Barney. Il a sans doute raison, mais il aurait pas dû lui flanquer une beigne en tout cas. Il est obsédé par les sièges des toilettes, le Barney. Il déteste les récurer, ces sacrés machins. Toujours en train de râler à cause de la merde laissée à côté de la cuvette. Et il devient encore pire quand les folles montent sur le siège et visent de haut.

Malgré tout, elle est calme maintenant, après le cirque qu'elle nous a fait. C'est drôle ce qui peut se passer dans une tête comme ça. Elle est là, à regarder par la fenêtre du dortoir. Dolores dit qu'elle l'a souvent aperçue sur le toit du wagon avec son vieux, avant l'accident. Ils étudiaient leurs cartes à la lumière d'une petite lampe rouge. Rapport à la vision nocturne ou aut' chose. Ça les aidait à observer ce qui se passait. Elle aura plus rien de tout ça avant un moment. Les seules étoiles qu'elle verra, ce seront celles des petites pilules jaunes qu'ils lui font avaler.

Georgina et elle vont bien rigoler quand on va ramener Georgie de Dublin. C'est ce qu'on lui donne de toute façon, à Georgina, parce qu'elle se speede. De l'eau glacée dans les veines. Dégueulasse. Ça vous accélère le rythme cardiaque. Georgie et elle seront les plus jeunes de tout le service. Et Georgie, elle a une sale tendance à pisser par terre. Quand je rentre pour nettoyer les toilettes, c'est glissant comme tout, putain.

Johnnie Logan, les gars de la compagnie minière, ça le rend fou. Ils devraient rester où ils sont, d'après lui. Mais il est paré, lui, avec sa putain d'Opel Manta et sa grande maison, et un siège au Conseil du comté. Un type comme ça, il a pas besoin de changer de boulot, contrairement à Barney et à moi. S'il empêche les mineurs de venir, Barney va se le payer, pas de doute. Et je voterai plus jamais pour ce salaud. Il était pourtant chouette, comme gars, quand il a arrangé la grève pour le syndicat ; mais, comme dit Barney, cette fois, il fait fausse route.

Une gueule de bois colossale, ce soir. Avec Barney, on est allés se prendre une cuite au Humbert à la grande lumière du jour. De la Smithwick. *Le nectar des vieux*, il appelle ça, Barney. Et ça file la chiasse.

En tout cas, c'est dûment signé et remis à qui de droit, il dit, Barney. La banque a vendu le wagon de ta bonne femme à la compagnie minière. Ils se sont mis à faire de l'introspection maintenant. Y a de l'or dans ces collines-là, comme disent les gars du Far West. Paraît qu'il pourrait y avoir des emplois quand ils auront monté leur coup, ce serait vachement mieux que nettoyer les chiottes, sûr et certain. Il râle, Johnnie Logan, mais c'est bien fait pour lui et tous les autres Verts du coin. Y aura une route dans la montagne, pas de si et pas de mais. Ils ont qu'à aller dans le Kerry, ou à Majorque, ou dans le sud de la France, putain, s'ils veulent un peu de calme.

J'y suis monté moi-même jeter un coup d'œil. Les types de la mine ont déjà posé une grosse pancarte sur le flanc du wagon. Ça montre une montagne avec le soleil qui se lève au-dessus. Ce sera un matin ensoleillé, bordel, s'ils nous embauchent, Barney et moi. Ils ont du pognon, ces types. Vous pouvez en être sûrs. On rigolera bien, et ça pourrait peut-être même faire revenir quelques-uns des copains qui sont partis au diable, à Amsterdam, dans le Bronx ou ailleurs. Ils ont mis du fil de fer barbelé autour du vieux wagon, et ils ont déjà quelques JCB et deux ou trois bétonnières, un tas de gravier et un grand tombereau bleu. Une chose est sûre, y a plus de plates-bandes. Un boulot, c'est un boulot. Ça va barder s'ils embauchent pas des gars du coin, de toute façon.

Ma bonne femme doit être au courant pour le wagon, parce qu'elle a piqué une sacrée crise ce soir. Ils faisaient tout ce qu'ils pouvaient pour la calmer, ils la tenaient à bras-le-corps et tout ça. Le seul médecin de service était ce type maigrichon qui pue l'ail à plein nez. Les infirmières ont dû me faire sortir de la cuisine, où j'étais en train de récurer, pour que je leur donne un coup de main. On était six, y compris Barney, mais il y est allé un peu plus mollo avec elle ce soir. Sa robe de chambre ouverte à tous les vents, et c'est une belle femme, quand même. Barney m'a demandé si ça m'avait fait bander. Il est dégueulasse des fois. Quoi qu'il en soit, un tas de sachets de sucre se mettent à tomber de ses poches. Elle doit les avoir piqués dans les bols au réfectoire. Dans des petits paquets blancs. Elle est peut-être gourmande.

On a fini par calmer la crise, à nous tous. On lui a collé la chemise grise, on lui a retiré ses lacets, donne-nous ce collier, mignonne, et on l'a descendue au cachot, avec le rembourrage blanc sur les murs. Et cette fois, va pas cogner tes petites boucles brunes dans tous les sens.

Ça doit être dur, quand même, d'avoir perdu ses parents et le wagon comme ça. Les infirmières l'appellent Ofélie, à cause des fleurs dans ses cheveux. Je peux pas m'empêcher de la plaindre un peu, même si Barney dit que c'est de sa faute. Vingt ans, et c'est pas beaucoup mieux que l'Armée du Salut, bordel.

Toujours aucun signe de la Georgie. Ils doivent lui faire toutes sortes d'analyses là-bas, dans la grande ville enfumée. Dymphna O'Connor a eu le feu vert aujourd'hui, et, pour elle, c'est retour à Kiltimagh. Mais fallait voir dans quel état c'était ici, putain. Y avait un tampon qui bouchait la cuvette du troisième cabinet et les gants en caoutchouc s'étaient fait la malle. Mary Marshall qui recommence. On devrait lui apprendre les bonnes manières, à cette femme. Barney m'a raconté une blague marrante sur Ève dans la rivière, mais rien à faire pour me la rappeler, maintenant. Un de ces jours, Barney et moi, on va se trouver un nouveau boulot, ça fait pas un pli. On sera là-haut avec les types de la mine en costume trois-pièces, avec des cravates de couleur vive, et les docteurs, ils pourront lécher la pisse eux-mêmes au cabanon.

Ofélie, elle s'est tenue vachement tranquille au cachot aujourd'hui. Je me suis souvent demandé pourquoi je l'avais pas vue plus souvent en ville, surtout qu'elle est gironde. Au dire de tous, selon les infirmières, son papa s'est battu comme un diable avec l'Éducation nationale pour la garder à la maison. Elle a pas eu de bal du lycée ni rien. Un peu comme moi, je pense, puisque je me suis arrêté à la troisième, et que j'ai pas eu l'occasion de danser avec un nœud pap. En habitant dans ce wagon, probable qu'elle a jamais pu voir les nouveaux films non plus. Merde. C'est pas une vie.

Les infirmières disaient que son père lui apprenait des trucs dingues, bon sang. Il était toujours en guerre contre les produits chimiques dans l'air, ce que ça fait aux tourbières, et tout ce qu'ils racontent. C'était un ami de Logan et des Verts. Moi y me semble qu'il faut vraiment être plein aux as avant de commencer à parler de ces conneries. On les voit à la télé, manifester pour les baleines et les dauphins. Y a des graffiti dans les toilettes des femmes qui disent : IRRADIEZ LES BALEINES GAY, ce qui est vraiment drôle, quand on y pense.

Elle a les yeux les plus verts que j'aie jamais vus, faut reconnaître. Et elle cite de la poésie bizarre, aussi, quand elle est en bas au cachot. Sur des tortues et tout. Le docteur Mange-Ail est allé la faire sortir aujourd'hui, mais elle a encore piqué une bonne crise. Et elle s'est retrouvée dans la chambre blanche, avec une poussée dans le dos de la part du docteur. Ce type-là est une teigne ou je m'y connais pas. Il devrait pas traiter les patientes comme ça, c'est tout ce que j'ai à dire.

C'est un cas, celle-là. Elle s'est bien conduite comme tout les deux derniers jours, et elle est de retour au dortoir. Je nettoie les toilettes, et qui c'est qui entre ? Elle. Oh ! je fais, c'est fermé une minute ou deux. Elle se penche et, en me regardant droit dans les yeux, elle me demande si je pourrais pas lui acheter quelques bouteilles de sirop en ville, puis elle me glisse un billet de cinq. Je peux te faire confiance ? elle demande, l'air aussi normal que possible, bien qu'ils lui aient fait ingurgiter quelques cachets jaunes un peu plus tôt. Sa robe de chambre est encore largement ouverte. Barney aurait eu raison, mais je lui ai jamais dit. Elle se redresse avec un petit clin d'œil et s'éloigne dans le couloir. Dolores la trouve et, vachement gentiment, la guide vers le dortoir par le coude.

Alors j'ai acheté le sirop, pourquoi pas ? Ça m'a coûté quatre-vingt-six pence de ma poche. Je suis rentré, quand elles étaient toutes en train de dîner, et j'ai glissé les bouteilles sous son lit. J'ai pas dit un mot à Barney. Qu'est-ce qu'il me passerait ! Il s'est mis à m'appeler Hamlet, je sais pas pourquoi, quand je lui ai dit qu'elle était pas mal. Ce salaud est toujours dans la réserve en train de s'astiquer le manche, de toute façon.

J'étais en train de faire mon boulot de gugusse dans les couloirs, vers quatre heures du matin, et les infirmières de nuit devaient dormir, ou alors elle est discrète comme une souris, putain. *Tu es mon sauveur*, elle me dit, et elle fait glisser quatre fleurs roses sur le sol. Le devant de sa robe de chambre est tout éclaboussé de sirop. Les fleurs ont été un peu mouillées à cause de l'eau du balai à franges, mais plus tard je les ai séchées dans l'appartement et je les ai mises dans un pot. En tout cas, j'ai la drôle d'impression qu'elle est pas si folle que ça. Elle m'a demandé si je savais où était le wagon. J'ai dit ouais, bien sûr que je le sais. Alors, avant de repartir de son pas dansant dans le couloir, elle m'a demandé de prendre des photos de ce sacré machin pour elle. Pour les accrocher au-dessus de son lit, parce qu'il lui manque. Bon Dieu !

Elle a remis ça avec le sucre ce soir, bon sang. Et sa robe de chambre est tout arrosée de sirop. Georgie est revenue, vachement tranquille, et elle parle à personne.

Les types de la mine, ils ont la belle vie là-haut. Deux BMW à côté du portail. Barney dit que la seule différence entre une BM et un refuge de la SPA, c'est que pour la BM, les corniauds ont le permis. Il est drôle comme mec, des fois. Mais je dirais pas non si on en mettait une devant ma porte. Des plaques de Dublin. Devant le wagon, brillantes comme tout. Ils ont embauché McLaverty et trois types de son équipe, bordel, pour faire la route goudronnée qui partira de la grand-route et descendra là-bas dans la vallée, passé les collines. C'est un boulot, d'accord, mais il est pas pour moi. Malgré tout, McLaverty a dit qu'ils embaucheraient si tout va bien.

Y a du grabuge au Conseil. Johnnie Logan a même dit que les collines étaient sacrées, et qu'ils devraient ramener leur compagnie minière à Ballyfermot, et déterrer quelques os de cheval pour les équarrisseurs là-bas, qu'ils en fassent de la colle. Il a du bagout pour un homme politique. Mais, quand même, rien de tel qu'un boulot qui paie, voilà ce que je dis.

Je me suis mis à penser à cette bonne vieille Ofélie quand j'étais là-haut à prendre des photos comme un malade. Elles allaient lui briser le cœur, bon sang, même si elle est un peu givrée. Plus de fleurs, ni rien. En tout cas, le type de la sécurité, il sort me demander si je suis du journal, et puis il me dit de pas prendre de photos, c'est illégal. Je vais pas louper l'occasion de travailler pour eux, alors j'ai tout de suite ouvert l'appareil, j'ai sorti le film et j'ai dit voilà, y a pas de mal. C'est mieux comme ça. Elle a un peu piqué une crise, Ofélie, quand je lui ai chuchoté la nouvelle au moment où elles sortaient toutes de la salle à manger, mais c'est la vie, pas vrai ? Elle m'a foutu la paix quand je faisais mon ménage ce soir, mais vous savez quoi ? Y avait encore une cargaison de sucre dans ses poches, et même quelques sachets fourrés dans ces longues chaussettes bleues qu'on leur fait mettre.

Y a un nouveau magazine qui raconte toutes sortes de trucs sur les films. J'étais là, à regarder Daniel Day Lewis en tenue de Mohican, et qui c'est qui entre, Dolores, avec sa blouse blanche d'infirmière. Elle se met à m'engueuler sur tous les tons parce que je fais pas bien mon boulot, d'après elle. Elle m'arrache le magazine des mains. Non mais, tu t'es regardée, j'avais envie de dire. Elle passe la nuit dans la cuisine à jaser sur les malades. Elle dort pendant les heures de travail. Je l'ai vue plus tard dans la cuisine avec les autres infirmières, elles bavaient sur le magazine. Elles le trouvent magnifique, ce Day Lewis. Je vais me laisser pousser les cheveux, me faire redresser les dents et me trouver du boulot à Hollywood, moi aussi. Attention les gars, voici Marty Lyons et sa hachette volante.

En tout cas, Ofélie arrive guillerette dans le couloir pendant que je passe le balai à franges à quatre heures et demie, et elle me dit : *Un de ces soirs allons nous promener dehors, toi et moi, pour respirer un peu.* J'ai rien répondu, j'ai continué à laver par terre. Elle est folle à lier, putain, si elle croit que je vais aller me balader avec elle. Elle m'a redemandé du sirop aussi, mais j'ai pas pipé. Je pensais lui réclamer mes quatre-vingt-six pence, je l'ai pas fait.

Barney a posé sa candidature à la compagnie minière, aujourd'hui. Ils cherchent un type pour conduire le JCB, d'après lui. Il leur a raconté qu'il avait travaillé sept ans pour le Conseil du comté, bon sang, avant de venir au cabanon. Alors, moi aussi, j'y vais pour remplir les papiers. C'est drôlement beau là-dedans – vachement chic, super moquette et tout le bazar. Des fax sonnent à tout va, on se croirait à Wall Street. Ils ont bouché le trou où était le télescope dans le toit. Bon, c'est le progrès. Costume-trois-pièces me demande si j'ai déjà conduit un bulldozer, alors je lui dis la vérité. Il me répond, avec le plus grand naturel, qu'il a déjà plusieurs hommes qui ont de l'expérience, mais qu'il garde mes coordonnées. Un salaud pareil, il aurait besoin d'une lobotomie s'il croit que Barney dit la vérité. Mais c'est comme ça que ça se passe. On vous claque les portes à la gueule quand vous êtes honnête.

Georgie et Ofélie râlaient aujourd'hui parce qu'elles pouvaient pas aller se promener à cause de la pluie. Je suis arrivé à cinq heures, et elles étaient là, dans la salle à manger, assises à l'écart de tout le monde, renfrognées au possible. Ofélie avait un plein champ de sucre dans les poches, vous auriez juré qu'elle avait ramassé des betteraves toute la journée. Georgie se balançait comme une folle. Elles ont l'air copines à présent. Ofélie se shoote peut-être à la poudre blanche, allez savoir, dans ce foutoir. Elles chuchotaient toutes les deux en me montrant du doigt. Pourquoi moi ? Et puis elles se sont mises à rire. Une chose est sûre. Barney ferait mieux d'arrêter ses conneries de m'appeler Hamlet, ou je lui arrache la tête et je lui glaviote dans la gorge. Il ferait mieux d'être un peu correct avec moi, ou je vais pas me gêner pour tout dire à la compagnie minière, je vous jure.

Cet endroit me rend dingue. Geraldine McCabe a été collée au cachot pour avoir avalé son thermomètre, putain. Les parents d'Una Harrison ont laissé une boîte de chocolats après la visite de six heures, et Maggie la Geignarde les a tous mangés. Tout ça parce que la dame aime les chocolats, je suppose. Mary Marshall a encore laissé une serviette sale dans un réservoir de toilettes. Barney m'a laissé nettoyer, l'emplâtré.

Ça fait deux semaines qu'elle est là maintenant, et elle est vachement gentille. Je crois pas qu'elle soit aussi folle que la moitié des gens de ce foutu pays.

Faut qu'elle soit drôlement finaude pour se faufiler la nuit sans que les infirmières la voient. Elle descend s'asseoir près de l'endroit où je travaille, et elle discute à voix basse, de ci, de ça, le prix du beurre, ce que vous voulez. Un soir, elle parle de trucs un peu barges, que l'Univers est en expansion et d'autres conneries sur la gravité et tout ça. Et puis elle fixe le mur. Le lendemain, elle parle des fleurs près de l'étang, réservée comme tout, un frémissement de la lèvre, pas plus. Faut dire que ça frétille un peu dans le pantalon des fois, avec les boutons de sa robe de chambre ouverts, et ce bout de sein qui ressemble à un cratère de la Lune. Elle a des lèvres vachement larges. C'est très sexy, ça, chez une femme. Et ces rhododendrons, c'est plutôt joli. On risque de devenir aveugle. Je m'étonne que Barney porte pas de lunettes, avec ce qu'il fait dans la réserve.

On a commencé à aller se promener, une fois de temps en temps, Ofélie et moi. Il se passe rien, on fait des tours dans le parc, mais le Barney il est comme un disque rayé. *Hé, Hamlet, t'es sorti pour ta gâterie de minuit ? Tu crois qu'elle pourrait sucer une balle de golf à travers quinze mètres de tuyau d'arrosage un vendredi par grand vent ?* Je vous jure, il veut mon poing dans la gueule, ce salaud, sauf qu'il est costaud. Je devrais peut-être déjeuner en solo le matin et à midi. Mais il sera bientôt parti travailler avec les costards là-haut, à la compagnie minière, à faire valser son bulldozer. Malgré tout, il a sans doute raison quand il dit que je pourrais me faire virer si on me trouve en train de me balader dans le parc avec Ofélie. C'est pas très malin, il dit, même de ta part. On sort par la porte de derrière avec ma clé, on enlève nos chaussures pour traverser le gravier, on descend vers les plates-bandes, et elle les regarde, c'est tout ce qu'on fait. Temps en temps, elle cueille une fleur et se la pique dans les cheveux.

Je ferais mieux de faire gaffe, mais elle m'a demandé de l'emmener au wagon demain soir. Je lui ai dit que c'était peut-être pas une bonne idée. Pourquoi ? elle demande. Je vais pas lui parler des bétonnières et tout ça, mais je lui raconte un peu comment j'ai loupé le boulot, avec le bulldozer. Elle dit qu'elle était au courant, pour les bulldozers, et ça fait rien, elle veut juste voir. Elle me ressert le couplet comme quoi l'endroit lui manque, et elle me sort un truc bizarre : une histoire de voyage à travers l'Univers avec son vieux. C'est de la folie, d'après moi. Étant donné que le wagon est posé sur des blocs de ciment, pour moi, il est pas près d'aller nulle part. Mais j'ai dit d'accord, on y montera peut-être un de ces soirs, sauf qu'on ferait mieux de pas se faire pincer, sinon je risque gros. Alors elle me fait un clin d'œil et elle me recommande d'en parler à personne, surtout, et ces fleurs qui se balancent. Pour une raison quelconque, elle est plus trop copine avec Georgie, et elle dit qu'elle aime pas du tout Barney. Elle a été vachement contente quand je lui ai appris qu'il partait, mais je lui ai pas dit le boulot qu'il va faire. Elle en a assez pris dans la gueule ces dernières semaines.

Paraît qu'ils se donnent un mal de chien pour la faire aller chez le dentiste. Elle ouvre la bouche et me montre un énorme trou au fond, là où devraient se trouver les molaires. C'est à force de manger du sucre, je fais, et elle se met à rire comme une hyène, bon sang. Elle dit qu'elle y pousse les cachets jaunes avec sa langue quand les docteurs les lui donnent. Elle les cache. Pas question de se faire droguer jusqu'au trognon. Elle est pas si conne, Ofélie. Je parie qu'elle a vu ça dans un film quelque part. Ce putain de Tom Cruise dans les étoiles peut-être.

Cette salope de Dolores et son œil de faucon. On était dans les couloirs en train de parler de notre balade, et la voilà qui s'amène, tout de blanc vêtue, et qui me passe un savon parce que je parle aux malades. Ofélie repart au dortoir en tirant une tronche longue comme le Shannon. Dolores dit qu'elle va se plaindre à la direction si je recommence. Elle m'emmerde sans arrêt à propos de tout : frotte les sols, lave les éviers, la réserve a salement besoin d'être nettoyée. Des fois, j'ai envie de lui dire que Barney se branle là-dedans, mais à quoi ça sert ? Ce salopard s'en va dans quelques jours travailler sur la route pour les types de la compagnie minière, et bientôt il portera de l'Armani et conduira une BM. Je leur ai encore téléphoné moi-même, aujourd'hui, mais ils m'ont répondu que pour le moment l'embauche est suspendue. Ça me fait une belle jambe.

Des fois je pense à Ofélie, et peut-être, un de ces soirs, à récolter un baiser ou deux. Si les dents la gênent pas et tout. Je pense à me faire poser un appareil un de ces jours. Je vais raconter au dentiste l'histoire d'Ofélie et des cachets jaunes. Il va se marrer, le salaud. Peut-être qu'il me fera un prix.

Un galop d'essai, elle appelle ça. Dieu soit loué, Dolores avait pris sa journée. Et Barney a fini, il va souffler deux ou trois jours, histoire d'être prêt à s'y mettre, d'après lui. Au début, j'ai dit non. Ça devient un peu risqué. Mais elle me donne encore une de ses fleurs, et un homme peut pas refuser ça, quand même.

On s'est tirés en douce à deux heures et demie, et le wagon, c'était pas la porte à côté, putain. On a dû faire le tour par chez Martin, descendre la côte, puis monter la route où le JCB de Barney fera le boulot. Le vent soufflait de la mer et tout. Il a fallu que je lui donne mon manteau, et voilà qu'elle me fait une bise sur la joue, en me disant que je suis un chou. En sucre, je lui dis, et elle rit. On s'est faufilés entre le mur et le barbelé, et y avait une lumière derrière les rideaux. On s'est assis dans la bruyère à flanc de colline. Le gardien, il est sans doute en train de faire la même chose que Barney.

Elle avait un peu la larme à l'œil en regardant son wagon, Ofélie. Elle parlait des plates-bandes et tout. Avant, y avait pas une machine en vue, seulement ce télescope qui sortait du toit. Des fois, elle jouait à cache-cache avec sa mère sous le wagon. Mais, à un moment, elle est devenue très bizarre, putain, elle s'est mise à citer des passages de la Bible en mélangeant tout. *Oui, bien que je marche dans la vallée de l'ombre de la mort je ne craindrai point de mal car j'ai les plus gros JCB de merde de la vallée.* Comme ça, les lèvres frémissantes. Mais après, elle dit désolée, je suis émue, c'est tout, et elle se remet à parler normalement, en levant la main vers les fleurs en folie sur sa tête.

J'ai découvert ce que c'était, cette histoire de voyage à travers l'Univers. Son papa, il paraît, jouait à des jeux quand ils étaient sur ce foutu toit, il faisait semblant de conduire leur wagon à travers les étoiles.

Marrant, hein ? Ils étaient les mécaniciens du train dans le ciel.

Elle est vachement forte avec les noms. Je lui ai dit que tout ce que je connaissais, c'était la Grande Ourse, mais elle, elle avait une liste longue comme le bras. Y en a une qui s'appelle Bételgeuse, et ça je le savais à cause du film. Mais y en a d'autres, vous pourriez pas les prononcer même si vous sortiez de l'université. Il paraît que sa chère vieille mère se fâchait un peu quand son père devenait grossier, qu'il garait le wagon sur les couilles d'O'Ryan[1] ou entre les jambes des Gémelles. Mais, surtout, ils s'amusaient bien, elle disait, en traversant l'Univers. Ils klaxonnaient en passant devant Mars. Elle m'a scié, je vous jure, en parlant des étoiles. O'Ryan, c'est le type avec la grande épée. Et Vénus, c'est l'amour, elle m'a expliqué. En plus elle est grosse et brillante.

On allait se balader un peu dans l'Univers, tous les deux, sur le flanc de la colline, mais j'ai regardé ma montre, bordel, et il était presque quatre heures. On a dû retourner au cabanon à fond les ballons. J'aurais bien fait zizi pan-pan, mais on avait vraiment pas le temps. Elle m'a taxé une sèche avant de rentrer au dortoir, mais va falloir que je renonce à ces saletés, parce que je soufflais comme un bœuf après avoir couru, et briqué partout après. C'est drôle, qu'elle ait dit que c'était un galop d'essai. En tout cas, putain, j'y retourne pas. C'est pas plus compliqué que ça. Je lui achète plus de sirop non plus, même si elle m'en a demandé quatre bouteilles en me filant un billet de dix. On dirait qu'elle s'est rabibochée avec Georgie,

1. Le narrateur, en bon Irlandais, confond avec Orion, dont la prononciation est la même. *(N.d.T.)*

parce qu'elle a dit qu'elle viendrait aussi. J'ai dit pas question, compte pas sur moi pour cette partie de rigolade, moi je vais frotter mes sols, pas de si et pas de mais. Elle est folle à lier, la Georgie.

Johnnie Logan, il remet ça avec ses mineurs. Sa photo est dans tous les journaux. Il dit que la terre a appartenu à d'autres avant d'être à nous, et maintenant voilà qu'on se la laisse encore prendre. Je vois pas bien ce qu'il veut dire, vu qu'y a aucun British dans les parages à l'heure actuelle. Malgré tout il parle sans arrêt de l'empire et de multi-j'sais pas quoi, de trucs dans ce goût-là. Il devrait tenter sa chance à Hollywood, le Johnnie.

Je l'écoutais vitupérer, assis sur la place, et je pensais à Ofélie et sa façon de voler sur ce satané engin. Ça devait valoir le coup d'œil. Et puis je me suis mis à penser qu'il a peut-être raison, Logan. Ils devraient peut-être retourner à Ballyfermot, putain, et laisser nos montagnes tranquilles. Oui, mais s'ils me donnaient un boulot je lui flanquerais une de ces raclées, à Logan, et je voterais plus jamais pour cet abruti. J'ai dit à Ofélie que je ferais encore un tour avec elle là-haut si Georgie venait pas. Allez, elle a fait, mais j'ai dit pas question, Suzon. Elle s'est mordu la lèvre un moment, puis elle m'a simplement donné un bécot et elle a dit d'accord, sans Georgie. Cette fois, c'était un baiser rapide sur la bouche. Oh, là, là ! en parlant de l'essor de l'empire, Johnnie Logan aurait dit une chose ou deux s'il avait vu mon pantalon.

Donc, c'est décidé. Ofélie veut que je prenne des cisailles, un marteau et un tournevis dans la réserve. Elle dit qu'elle veut seulement monter toucher le wagon. Franchir le barbelé et toucher des doigts ce sacré machin. Je veux bien. J'en ai rien à cirer. Aujourd'hui, au Humbert, Barney racontait aux gens que j'étais bon pour l'asile. Il citait un truc du style « être ou ne pas être ». Il va récolter ce qui lui pend au nez, ce petit malin. Il se fait un fric fou sur les bulldozers. Ce soir, il pleuvait comme vache qui pisse, alors on est pas sortis, Ofélie et moi. Mais j'ai trouvé une fleur derrière la cuvette des toilettes.

On est encore retardés, putain. Il pleuvait toujours à verse ce soir. Ofélie a fait une razzia sur le sucre. Merde, cette fille perd vraiment les pédales. Maintenant que Barney est parti, j'ai deux fois plus de boulot au cabanon, bon sang.

Bon Dieu. Je sais pas si un homme a encore toute sa tête quand il veut conduire à travers les étoiles. Mais ça doit être un sacrément beau voyage, c'est tout ce que j'ai à dire.

Je suis arrivé au cabanon à cinq plombes, comme toujours, et je me suis mis à laver les couloirs. Et, bordel, j'ai bien failli oublier notre virée au wagon. Mais la voilà qui sort de la salle à manger en disant : on va faire notre balade ce soir ? Aucune des infirmières ne regarde et elle me prend par la main. *Merci beaucoup*, elle dit, simplement comme tout, avec un air à vous faire fondre. J'ai briqué à mort toute la soirée. Je frotte les miroirs pour ôter les taches d'eau, je vide les poubelles, je change les serviettes, je nettoie les chiottes et, penché sur le balai à franges comme un malade, je lave les sols à les faire étinceler, exactement comme dans les pubs à la téloche. J'aurais pu me raser en regardant par terre, je vous jure. Et j'avais fini en trois coups de cuiller à pot.

Dolores avait pris une cuite la veille au soir, elle était pas reluisante. Elle faisait un somme dans le poste infirmier quand Ofélie sort, sapée à mort. Les cheveux rejetés en arrière, une cascade de rhododendrons et un peu de maquillage par-ci par-là. Elle avait une longue robe rouge et les plus grosses chaussures de marche que j'aie vues de ma vie. Elle portait quatre sacs des magasins Dunnes, tellement chargés à bloc qu'elle en marchait presque de travers. Je lui ai chuchoté : y a quoi dans les sacs, Ofélie ? Et elle me demande : comment tu m'as appelée ? Alors je dis rien, c'est qu'un surnom. Mais elle se rend presque malade à vouloir me tirer les vers du nez. Alors je lui ai dit comment Barney l'appelait et tout, et elle a arraché les fleurs et les a piétinées par terre, bon sang. J'ai failli lui en coller une bonne pour avoir gâché mon beau travail, mais y avait toutes ces larmes dans ses yeux, alors j'ai seulement pris le balai et j'ai poussé les pétales dans la réserve.

J'ai dit : on est prêts ? allons-y, et je lui ai redemandé ce qu'y avait dans les sacs. J'en aurais chié dans mon froc quand j'ai vu tout ce sucre, une énorme montagne, sorti des sachets. L'autre sac était plein à craquer de ces sacrées bouteilles de sirop. Je lui ai demandé pourquoi elle les emportait, mais elle s'est contentée de hausser les épaules en disant : bon, on y va. J'avais les cisailles, le marteau et le tournevis dans un sac rouge de Man United avec un portrait de

Paul McGrath sur le côté, même s'il joue pour Aston Villa maintenant. Le visage de McGrath était un peu pelé parce que je l'avais mis dans la machine à laver par erreur, y a des années. On a été vachement discrets pour sortir de là, on a ôté nos chaussures pour traverser le gravier, puis on les a relacées et on s'est dirigés vers les arbres et le grand portail. Elle, elle fredonnait un air. Chaque fois qu'on voyait des voitures, on se cachait derrière les buissons. Une fois, elle m'a passé les doigts dans les cheveux, et à ce moment-là j'ai pensé à cette chanson de Chris de Burgh sur la dame en rouge ; c'est une chanson débile, putain, mais elle excite les nanas. On avait pas le temps. Elle m'a quand même donné un baiser, long et lent cette fois, sa langue à moitié enfoncée dans ma gorge. Je me demandais, pour mes dents, mais elle a rien dit. Après ça, j'avais du mal à marcher droit.

Quand on est arrivés en bas de la route qui mène au wagon, on a entendu la mer. Ofélie s'est arrêtée et elle a regardé le ciel un moment. Y avait que des murets de pierre et de l'herbe autour de nous, comme dans la chanson des Saw Doctors. C'était une nuit sans lune mais, je vous jure, y avait un halo de lumière autour de ses cheveux, venu des étoiles, aussi idiot que ça paraisse. Je lui aurais bien dit un vers ou deux. Mais on a entendu un blaireau détaler dans les buissons, ce qui nous a flanqué une trouille bleue à tous les deux, et puis on a grimpé la route en se coltinant les sacs. Je portais le sucre et le sac de Man United, et c'était vachement lourd. Y avait une lumière à la fenêtre du wagon, comme on pouvait s'y attendre. Quatre bulldozers étaient devant, d'un jaune flamboyant. Y avait quelques barils d'huile noircis, une bétonnière, l'un de ces énormes rouleaux compresseurs et une fourgonnette Bedford bleue, avec le nom de la compagnie minière sur le côté, les roues toutes propres. Pas comme les Bedford sont censés être, surtout par ici.

On a fait le tour par-derrière, le long de la clôture de barbelés, et on s'est arrêtés un moment dans la bruyère. En mer, y avait un bateau de pêche, les lumières allumées. Il faisait pas froid du tout. *Fais-moi confiance*, elle a dit. *Pas de bêtises.* Très bien, j'ai répondu, et là, j'ai compris qu'on était partis pour tout autre chose que toucher ce wagon, bordel. Mais je m'en foutais.

On a dégringolé la pente comme Steve McQueen quand il s'évade de prison. Je m'étais jamais senti aussi bien, bon Dieu. J'avais troué le sac de sucre et je devais le tenir par les deux bouts pour pas qu'il se vide. Je sors les cisailles, elle me regarde avec ses grands yeux verts de chat, clic-clac, et on se faufile comme des lapins à travers la clôture. Qu'est-ce qu'on fabrique maintenant ? je lui demande. Elle met simplement un doigt sur ses grosses lèvres et agite le bras vers ce foutu bulldozer. On rampe, exactement comme dans les films, et sa robe rouge devient vachement boueuse.

Le cœur a failli me sauter de la gorge, bordel, quand j'ai vu l'ombre du gardien bouger dans le wagon, mais il s'est pas montré, ce branleur. On s'est glissés sous le bulldozer, et voilà qu'Ofélie, putain, elle enfourne les cisailles dans l'énorme moteur et commence à couper tous les fils. Merde, elle est complètement déjantée, cette fille. Je prenais mon pied, je dois dire, et moi aussi je me suis mis à trafiquer le moteur, en pensant, va te faire foutre, Barney mon gars, on va voir si tu vas te faire des ronds maintenant, et il est où, ton costume trois-pièces ? Et là, nom de Dieu, on dirait qu'un million de fils pendent comme des décorations de Noël.

Cet endroit me manque, elle me dit. *C'était bien avant, ici.* Je hoche la tête. Je sais ce que tu ressens, je dis. J'ai eu un vélo qu'on m'a fauché quand j'avais huit ans, et la mère elle m'a flanqué une claque pour m'apprendre à pleurer. Elle se met à chuchoter que son vieux il faisait des cartes du ciel en s'inspirant d'histoires irlandaises, comme Cuchulainn et Diarmuid et Grainne et tout ça. Ça devait être une drôle de carte, putain, je dis, le saumon du savoir jailli des mains de ton père. J'ai montré O'Ryan, qui était plus bas dans le ciel que l'autre nuit. Elle riait, et j'ai dû lui dire de se taire, on allait se faire prendre. Elle m'a souri vachement longtemps, et je lui dis : bon, allons-y.

Ofélie, elle aurait jamais cru que j'avais le coup pour faire sauter les serrures. Elle se lève avec un tournevis et le marteau et elle va derrière le JCB, en me chuchotant de casser ce putain de bouchon, je sais pas pourquoi. Je lui dis qu'elle est dingue, bordel, faut juste le crocheter, sans ça le gardien va se croire dans O'Connell Street, avec tout le bruit. Ce genre de connerie, j'ai fait ça depuis que j'étais haut comme trois pommes. Et je sors la bonne vieille lime à ongles que j'ai toujours sur moi, je vous jure. Elle est contente, Ofélie. Mais une serrure de réservoir, c'est coton quand même, et il a fallu que j'utilise un petit bout de métal que j'avais limé y a longtemps. Et, finalement, elle saute comme une brave petite fille. Et c'était un JCB flambant neuf, vous savez.

Ofélie sort le sucre et se met à le verser dans le réservoir à fond les manettes. J'avais déjà entendu parler de ça, mais j'avais oublié. Ça bousille les moteurs comme il faut, un peu de sucre. Pas étonnant qu'elle en ait volé. Elle est jamais à court d'astuces, Ofélie, les cachets jaunes, le sucre et le reste. Elle en a renversé un peu par terre, mais presque tout est parti dans la gueule de la machine.

Elle fredonnait l'air sur la cuillerée de sucre qui aide à faire passer le médicament quand le gardien sort, putain, sa torche allumée à la main. Ofélie se pétrifie et je me couche par terre. Il regarde un peu autour de lui, lève la jambe droite, pète, et rentre dans le wagon. J'ai failli mourir de rire, et Ofélie, elle a un sourire à tout casser. Et puis elle sort le sirop, ça, j'en ai jamais entendu parler, et elle vide deux bouteilles dans le réservoir. Elle m'explique que ça va boucher le moteur, même s'ils réparent les fils. Avec le sucre, ça va vraiment marcher. Ces types, ils vont pas pouvoir monter le bulldozer dans la montagne avant des années, je lui dis, mais elle est déjà partie vers l'autre. Elle jette la bouteille par terre. Espèce de cochonne, je fais, et elle, elle sourit encore.

Elle sort un cintre du sac de sirop, avec le bout taillé en pointe, et de ses petites mains elle se met à fourrager dans le moteur. Ça paraît durer toute la nuit, bordel, pendant qu'elle perce là-dedans. Ces moteurs, elle les connaît par cœur. L'essence se met à couler, elle en a plein sa robe. Elle est trempée, bon sang. Elle en a dans les cheveux et tout. Je vais la chercher, je la tire de là, et moi aussi l'essence me coule dessus. Ça pue comme c'est pas possible, et sa robe est inondée, mais bon ! On travaille à toute allure. Puis je m'attaque aux fils du deuxième JCB, les mains tremblantes, putain. Merde, voilà ce que j'appelle vivre, je me dis. Johnnie Logan et les Verts, ils seraient fous de moi. Je devrais me présenter au Taoiseach après ça. Une autre cuillerée de sucre. *Délicieusement*, elle chante. Et encore un peu de sirop.

On va vers le Bedford, qui n'est pas fermé, alors j'ouvre le capot. Ofélie reste plantée là, souriante, elle regarde les étoiles. Mais à ce moment, on entend un bruit à la porte du wagon, et ce salaud sort de nouveau, en faisant briller sa lumière. Il la prend dans le faisceau, et là, c'est le bordel intégral. Il a dû m'entendre toucher au Bedford. Il s'avance en faisant briller sa foutue lumière dans les yeux d'Ofélie. Je suis prêt à déguerpir, mais Ofélie, elle marche vers lui en balançant les bras comme un moulin à vent, bon sang. Le type, c'est John O'Rourke, qui m'a mis la pâtée à l'école une fois. Elle lui allonge un bon pain dans la mâchoire, mais il l'attrape par les cheveux et la fait tomber. Il est en pantalon et gilet de corps. Vous parlez d'un vigile !

Je m'approche et je lui file un coup de marteau sur la tête. Je voulais pas faire ça, et il s'effondre, du sang sur la figure, oh, putain de merde ! Je m'agenouille, mais il va bien, je lui ai juste collé une belle entaille au-dessus du sourcil. Je vais pour lui dire : je voulais pas, Johnnie, mon gars, quand il m'envoie son genou dans les couilles, et il me flanque un coup de pied sur la tête pendant que je suis à terre. Les temps ne changent pas. Ofélie, elle s'accroche à son dos, et moi, je suis à moitié K-O. Et tout d'un coup il prend le large, il saute la clôture et disparaît. Ofélie, elle rit et pleure en même temps, une vraie dingue, je vous jure. *Ils ont pris mon wagon*, elle dit à voix très, très basse, *ils ont pris mon wagon*. Le maquillage dégouline autour de ses yeux. Je vais la prendre dans mes bras, et elle, sans crier gare, elle se met à m'embrasser les paupières. Je m'assieds par terre et je regarde autour de moi. Elle s'agenouille et continue à m'embrasser. La robe rouge a viré au brun. Je vois la lampe-torche de John O'Rourke briller en bas de la colline, filer à travers les buissons, dans la direction de chez Martin. Ce salaud va appeler les flics, j'ai dit, tirons-nous d'ici.

Mais la porte du wagon était ouverte, et Ofélie, debout, la regardait fixement. Elle empestait l'essence. Merde, je me dis, elle a plus que disjoncté, le docteur Mange-Ail aurait dû la garder en cellule, et on serait tous peinards à récurer les cuvettes des chiottes et à laver par terre, sans le moindre souci, bordel. Viens ! je crie, viens, pour l'amour du ciel. *Ça va aller, je vais finir maintenant*, elle dit. Simplement. *Toute seule*. Calme au possible. Mes mains tremblent comme des feuilles et je vais la tirer par sa robe, mais elle, vachement rapide, elle fait un pas de côté. *S'il te plaît*, elle dit, triste comme tout, des cheveux plein la figure. Ah, bon Dieu, je crois qu'on est restés des heures à se regarder. OK, d'accord, je dis, raconte pas aux flics que c'était moi, parce que ce type, O'Rourke, il a pas pu voir ma figure. Elle hoche la tête et se tourne vers le wagon, ferme la porte doucement doucement. Alors moi, je prends le marteau et le lance aussi loin que je peux, mais il rebondit sur la clôture, bon sang, et retombe par terre. Je lève les yeux vers le ciel et je pousse un grand cri pour les étoiles.

Bon, je me dis, et je me dirige vers le trou dans la clôture, les mains toujours tremblantes. Elle peut se sortir toute seule de ce foutu merdier. Je rampe à l'extérieur et je file à travers la bruyère en remontant la colline. Pendant un temps fou, je cours comme un dératé sans regarder en arrière, Eamon Coughlan en personne. Au bout d'un moment, je me trouve un endroit pour m'asseoir, l'odeur de l'essence sur les mains, et je regarde la ville tout en bas. Des lumières rouges et bleues se dirigent vers nous, les sirènes hurlent comme des damnés. En plissant les yeux, je vois Ofélie par la fenêtre du wagon.

Elle est assise et elle sourit, allez donc savoir pourquoi. Ses cheveux sont rejetés en arrière et sa robe est déchirée à l'épaule, mais elle reste assise à regarder. Je parie que cette cinglée conduit son sacré machin à travers les étoiles, je me dis. Je me lève et je lui adresse un grand signe d'encouragement. Vas-y, ma fille, attrape-toi une contredanse ! Fais-lui faire un dérapage contrôlé ! Elle regarde le ciel immense et les étoiles qui brillent à n'en plus finir. Je regarde là-haut un instant aussi et je pense à toutes les fois qu'ils ont pu être ensemble, avec son vieux, à traverser l'Univers comme des fous, les couilles d'O'Ryan et le reste, ils devaient bien se marrer.

J'entends le bruit de l'océan et le vent qui se déchaîne à travers la bruyère. Des millions d'étoiles sont sorties et je profite du spectacle, mais les sirènes se rapprochent. Putain, tu ferais mieux de te tirer, je me dis. Retourne frotter tes parquets comme un malade. Les lumières bleues et rouges clignotent, clignotent sur la route le long des arbres. Oh, merde, elle est cuite. Quand je regarde, Ofélie est toujours assise dans le wagon, les yeux plissés, un grand sourire sur la figure. Mais ils peuvent pas lui faire grand-chose, à part la remettre au cabanon, et je pense que des fois, si tout va bien, on aura l'occasion d'aller se promener dans le jardin. De nouveau, je lève les pouces à son intention. Et si tu le mettais sur deux roues, Ofélie ? Fais-le crisser au coin de Vénus et laisse des marques de pneus pour ta maman et ton papa, pourquoi pas ! À bientôt, et me demande plus de sirop !

J'aurais rien pu faire de toute façon quand, assise à la fenêtre, elle s'est planté une cigarette dans le bec et l'a allumée. Il paraît qu'elle avait avalé les cachets jaunes à la chaîne pendant que je grimpais la colline, alors peut-être qu'elle a rien senti, elle était complètement dopée. C'est ce que le médecin légiste a dit en tout cas. Elle devait les avoir dans sa poche. Mais quand je l'ai vue sortir les allumettes, j'ai jamais couru aussi vite de ma vie, je crois. Elle a plongé la main dans sa poche, elle en a pris une, l'a frottée, et ça y était. Les gardes disent que je hurlais son nom. Je me suis méchamment coupé sur le barbelé, et après, je me suis levé en trébuchant et je me suis jeté contre la porte. Elle l'avait fermée à clé, bordel, et le temps que je l'ouvre, elle était plus qu'une boule de flammes. Toute l'essence du JCB allumée comme un feu de joie.

Cette cigarette, elle me l'avait taxée, et ça c'est une chose que j'oublierai jamais. Une fois, j'ai vu des photos d'un moine faisant la même chose, mais j'ai jamais rien vu de pareil. Elles léchaient la robe rouge, les flammes. Elles commençaient à se rassembler autour d'elle. Et elle, elle bougeait pas au milieu de tout ça. J'ai essayé de la faire rouler, mais les flammes m'ont atteint aussi, elles m'ont salement brûlé les mains. Les gardes ont dû m'arracher mes fringues.

Barney raconte qu'il a entendu dire que je pleurais, mais je fais plus attention à lui. Ce salaud est revenu travailler au cabanon, et plus de JCB pour lui. Ça lui apprendra.

Je m'en branle, si je pleurais ou pas, qu'est-ce que ça peut foutre ? Mais je sais que je criais, et pas qu'un peu, parce qu'un des vigiles m'a flanqué sa main sur la gueule en me disant de la fermer. Seigneur, à ce stade elle était complètement calcinée, et eux, ils piétinaient les flammes dans le wagon. C'est vachement dommage qu'il ait pas pris feu, putain, si vous voulez mon avis. Y avait des marques de roussi sur le sol, et ses grosses chaussures de marche étaient noires comme l'enfer, mais l'endroit était toujours debout quand ils m'ont emmené dans l'ambulance. Ils voulaient que je me couche, mais rien à faire. J'ai regardé le wagon par la vitre arrière aussi longtemps que j'ai pu. Il était tout éclairé par les voitures des flics et des pompiers.

Ici, à l'hôpital, ils ont soigné mes brûlures et ils ont consigné des rapports à tout va. Johnnie Logan et les Verts sont venus me voir avec un bouquet de fleurs, des fleurs roses, comme celles d'Ofélie. Dolores m'a apporté des magazines, sympa de sa part. Les flics m'amènent au tribunal la semaine prochaine, et je vais sans doute passer deux ou trois mois au trou. Je m'en fous. Je serai sage comme une image. Et puis, quand je sors, je vous jure, je vais m'en occuper de ce wagon, m'assurer que les types de la compagnie minière reviennent jamais, qu'ils se tirent à Tombouctou ou ailleurs, j'en ai rien à cirer. Une bonne chose dans tout ça, c'est qu'on les a retardés dans leurs projets de quelques bons mois, mais faut les achever, et vite. Laissez nos montagnes tranquilles, bordel, voilà ce que je dis.

Les flics et les docteurs m'ont posé des tas de questions, mais la seule chose que je me rappelle, c'est que, quand ils m'ont passé les menottes, j'ai eu une vision d'Ofélie, et quand je me mets à y penser, cette image me revient toujours. Et c'est toujours pareil. C'est pas la forme ratatinée sur le plancher, ou ce sac des magasins Dunnes qui traînait près du JCB, ni les plates-bandes ni rien. C'est même pas réel. Elle a pas la cigarette au bec ni les allumettes à la main. C'est comme un truc dans un film, je crois. Dans ma tête, elle a des fleurs dans les cheveux, des douzaines, mêlées à ses boucles, et, assise là, dans un envol de pétales roses, elle conduit ce foutu wagon à travers l'Univers pour la dernière fois, avec son sourire à tout casser, le pied au plancher le long des étoiles. Et le plus drôle, je suis là avec elle, et je laisse des marques de dérapage moi aussi, putain !

Le long du quai

Fergus hisse son fauteuil sur le quai et regarde la Liffey couler rapidement, gonflée par une pluie du soir. Une charge de néon et de ciel nocturne court vers la baie de Dublin. Son père, un jour, a poussé un frigo dans le fleuve, et il se demande ce qui peut bien reposer d'autre au fond. Des éclats de peinture dorée des péniches de Guinness, peut-être. Des obus noircis des canonniers de l'armée britannique. Des préservatifs et des aiguilles. De vieilles bouilloires. Des pennies et des landaus. Des livres d'histoire, des harmonicas, des ongles et des paniers de fleurs mortes. Un milliard de mégots et de capsules de bouteille. Des pelles et des tuyaux de poêle, des pièces de monnaie et des sifflets, des fers à cheval et des ballons de foot. Et beaucoup de vieux vélos, sans doute. Leurs roues s'enfonçant lentement dans la vase, le guidon enguirlandé d'algues, les câbles de vitesses rouillés dans la gaine, de minuscules poissons frôlant du nez les pédales.

Il ajuste le long pardessus noir qui pend en plis

anarchiques autour de ses jambes et essuie la sueur de son front avec l'écharpe des Shamrock Rovers de son petit frère. Il est à huit cents mètres, estime-t-il, de sa maison dans les Liberties, et la roue de bicyclette qu'il portait sur les genoux a posé toutes sortes de problèmes – elle est tombée par terre quand il a voulu fermer doucement la porte, elle a sali son vieux jean d'un chapelet de cambouis lorsqu'il descendait la côte près de Christchurch et elle s'est échappée en bondissant quand il a voulu monter sur le quai.

La Liffey guide un vent hivernal le long de ses larges rives. Fergus bloque le fauteuil à l'aide du frein et envoie un gros crachat voler sur le fleuve, où il s'accroche et tournoie. Il se demande quelle sorte d'arc la roue décrira dans l'air.

Le frigo, il y a toutes ces années, a culbuté dans l'eau. Son père, un homme à la peau boucanée, les poches toujours pleines de bouteilles, l'avait descendu seul au fleuve. Il n'avait pas pu poursuivre les versements et n'était pas prêt à le rendre à l'encaisseur. « Ce voleur n'a qu'à plonger s'il veut son Frigidaire. » Il avait cloué ensemble quelques planches de la remise à charbon, vissé par-dessous des roues de patins à roulettes, chargé le frigo, et il était parti en grognant vers les quais. Fergus et ses frères suivaient. Des ivrognes sortis en rotant des pubs ont offert leur aide, mais le père de Fergus a levé les bras au ciel. « Vous êtes forts comme des bœufs, tous tant que vous êtes, a-t-il rugi, puis il s'est arrêté pour tirer sur sa cigarette, mais vous marchez pas droit, nom de Dieu, alors je vais le faire tout seul. »

Les bouteilles tintant dans sa poche, son chariot cahotant, il est descendu au bord du fleuve, et il a ri quand l'énorme frigo blanc a décrit un soleil avant de plonger dans l'eau avec un énorme plouf.

Les choses que ce frigo a dû rejoindre, pense Fergus. Des cuvettes de cabinet cassées. De grosses bouteilles de cidre. Des boutons de chemise. Des chaussures à talons. Une très vieille paire de béquilles. Il frissonne un instant dans le froid et passe les doigts dans ses cheveux courts et bouclés. Ou peut-être même un lit pivotant, flanqué de seringues spéciales, de sacs à pisse, de gants en caoutchouc, de seaux de cachets, de bouteilles de Lucozade, une douzaine de tables de soins, un crayon d'infirmière rongé aux deux bouts. En tenant l'axe et la roue libre, Fergus fait tourner les rayons, regarde au travers le fleuve et le quai se découper en tranches, écoute le cliquetis rythmé, puis il extrait un autre crachat de sa gorge et l'envoie voler sur l'eau.

Mutilé par un camion de pain sur la route de Lansdowne, près de l'endroit où la Dodder coule sur des rochers à fleur d'eau. Des flots de soleil hivernal se déversaient sur le pont près du stade de football, alors qu'il revenait d'une livraison, imaginant Que Seras, Molly Malones et Ronnie Whelan frappant une reprise de volée à la limite des dix-huit mètres. Mais il n'y avait eu qu'un chant de pneus, et le pauvre type au volant du camion avait eu une crise cardiaque. Quand on l'avait trouvé, la crème d'un éclair était étalée sur le devant de sa chemise blanche à col ouvert, des pains bruns jonchaient le sol autour de lui. Il était affalé sur l'avertisseur, et le son évoquait le cri du courlis, sauf qu'il était constant.

Du sang dessinait un motif de plumes sur le pare-brise.

Fergus a été projeté en l'air comme un croûton rassis et s'est réveillé au Centre de rééducation de Notre-Dame-de-Lourdes, un halo de médecins autour de lui. Fracture de la clavicule, trente points de suture au front, plusieurs côtes fêlées et la troisième lombaire écrasée. On l'a mis dans un service plein de joueurs de rugby et de victimes d'accidents de moto. Quand on faisait pivoter son lit, il voyait par la fenêtre un rideau d'arbres onduler et saluer la route. Les semaines s'écoulaient comme des mois. Dans le lit à côté du sien, un type du comté de Cavan avait une paire de cicatrices qui couraient comme une voie ferrée quand il rapprochait les poignets. Un hurlement persistant résonnait du bout du service. Un garçon de Sligo aux cheveux poil de carotte avait tatoué un drapeau tricolore en haut de sa jambe, fichant l'aiguille dans un muscle qui ne sentait rien. Les mois se fondaient dans un tourbillon nonchalant.

« Comment vous croyez que je me sens, merveilleusement bien, merveilleusement, putain », a rugi Fergus à l'intention de l'infirmière, l'après-midi où il a commencé à réaliser : plus jamais il ne s'accrocherait à l'arrière du 45 sous la pluie dans Pearse Street, il ne sprinterait plus près de la brasserie en donnant des tapes aux chiens avec la pompe à vélo, il ne couperait plus la route à des taxis, il ne prendrait plus les sens uniques à l'envers, il ne plaisanterait plus à propos de filles assises sur autre chose que son cadre – *ce n'est pas ma barre, poulette, c'est seulement que je suis content de te voir* –, il ne commenterait plus les matches sur les quais avec les camionneurs, ou simplement il ne dévalerait plus

Thomas Street pour aller chercher un demi-litre de lait.

Le vélo était à la maison dans la remise à charbon, un trophée de malheur, ramassé par son père le jour de l'accident. Il l'avait acheté à Fergus cinq ans plus tôt, convaincu que son fils était assez bon pour courir. Chaque jour de paie, il avait roulé ses billets d'une livre et les avait fourrés dans une bouteille de Pernod. Il avait amené le vélo à la maison un samedi soir en le faisant rouler avec précaution depuis la boutique de George Street. C'était un modèle italien rouge, rien que des pièces Camagnolo. Les garçons du quartier ont sifflé en le voyant. Une fois, sur le pont O'Connell, quatre jeunes en bombers ont essayé de le faire tomber pour le lui voler, mais il en a frappé un à la mâchoire avec l'antivol en kryptonite. À la compagnie de messagerie, il était connu pour la façon dont il remontait le trafic comme un saumon, à l'envers dans les sens uniques. Lors de sa première course, dans les collines de Wicklow, deux mois avant l'accident, il était arrivé second. Le cuir de la selle avait commencé à s'adapter à la forme de son corps. Il avait appris à se faufiler aisément à travers les embouteillages près de Christchurch.

Après l'accident, la machine n'était plus qu'un ruban de métal. Mais, quand son père venait à l'hôpital, debout de toute sa hauteur près du lit, il proclamait : « En un rien de temps, Fergus, tu seras de nouveau en selle, et que les jaloux aillent se faire foutre. » Fergus, couché, hochait la tête.

Sa mère restait au premier dans sa chambre, agenouillée près de lampes votives rouges et de saintes images. Des lettres étaient envoyées à Knock et à Lourdes. Ses petits frères dessinaient ses endroits de prédilection, la friterie Burdocks, la ruelle près de la Coombe, la façade du Stag's Head, le mur de la cour de l'école et ses nouveaux graffiti. Les copains de la messagerie venaient s'asseoir près de son lit d'hôpital, et parfois ils sortaient en courant tous ensemble, leurs radios grésillantes, *allez connard, magne-toi un peu le cul*. D'anciennes petites amies lui écrivaient de courts poèmes qu'elles copiaient dans des magazines, et de temps en temps les infirmières l'amenaient au Baker's Corner pour boire en douce une pinte délicieuse. Mais, quand on pivotait le lit, les mêmes arbres faisaient la révérence à la route. Le garçon au drapeau tricolore avait disjoncté, il s'était couvert de petits points bleus et s'était planté une aiguille dans l'œil. L'homme du comté de Cavan se caressait les poignets. Un motard de Waterford criait que quelqu'un avait laissé un poil pubien dans la revue cochonne qui avait circulé dans le service. Des oranges moisissaient sur la table de nuit de Fergus. La salle de soins était pleine de couleurs vives et d'infirmières souriantes, mais la nuit, de retour dans la salle, le sourd gémissement lointain ne cessait pas – il faisait partie du décor, il était absorbé, un fredonnement, un bourdonnement, un bruit sans lequel on ne pouvait pas dormir. Les mois s'écoulaient.

Quand il est sorti de l'hôpital pour rentrer chez lui, son père a poussé son fauteuil vers la remise à charbon. C'était un vendredi, on cuisait du poisson dans la maison. L'odeur flottait. Une pluie légère tombait et des pigeons cherchaient de la nourriture sur les toits des maisons voisines. Son père a lentement ouvert le cadenas de la remise. Une demi-douzaine de cartons attendaient Fergus à côté du vélo. Envoyés par correspondance, ils portaient le cachet de la poste anglaise. Fergus les a ouverts en prenant son temps. « Les docteurs, ils y connaissent rien, fiston, alors vas-y, au travail. » Fergus a longuement fixé les cartons. « Et ça m'a coûté l'or du calice, nom de Dieu », a dit son père en riant doucement et en partant pour le pub, ses épaules faisant craquer les coutures de son manteau. Fergus est resté assis là, dans l'odeur du repas en train de cuire, à tripoter un dérailleur.

Remontant l'écharpe autour de son cou, il consulte sa montre – trois heures du matin déjà –, puis, un instant, il pose la tête en arrière contre le bord du fauteuil pour regarder le ciel. Certaines étoiles sont reconnaissables même à travers les nuages et le smog. Dix ans plus tôt, quand il avait sept ans, il s'était fait prendre en train d'essayer de voler une Mini Clubman devant St. Patrick, et son père, après lui avoir flanqué une raclée, l'avait emmené se promener au bord de ce fleuve et lui avait montré le ciel. « Tu vois ces étoiles ? avait-il dit. Je vais te raconter une bonne chose. » L'histoire, c'était que les étoiles étaient des enfers particuliers, que tous les assassins allaient dans une étoile où il n'y avait personne à tuer, sauf eux-mêmes, tous les hommes politiques corrompus allaient là où il n'y avait pas de gouvernement, tous les agresseurs d'enfants où il n'y avait pas d'enfant à agresser, tous les voleurs de voiture où il n'y avait pas de voiture, et si ce n'était pas assez décourageant pour lui il aurait une autre tournée. Fergus frotte la main sur sa poitrine et se demande s'il y a une étoile pleine d'accessoires de bicyclette.

Les nouvelles pièces avaient coûté à son père la majeure partie de deux mois de salaire. Il avait même pris un emploi supplémentaire de veilleur de nuit pour une société de surveillance à Tallaght. Quand il rentrait à la maison le soir, on n'entendait plus de bouteilles tinter dans ses poches – en revanche, c'était un concert de grognements dédaigneux, de remarques continuelles, l'espoir formel que Fergus remonterait sur le vélo.

Et, dans la remise à charbon, pendant deux mois, dans son fauteuil roulant, Fergus a sué sang et eau sur la machine. Il serrait les têtes de rayons pour dévoiler la roue, tapotait le pédalier pour l'extraire, fixait les freins à l'aide du serre-mâchoires, plaçait la nouvelle fourche de roue avant, maniait le fin petit tournevis cruciforme pour ajuster les vitesses. Il entrecroisait un ruban adhésif sur le guidon, tordait les extrémités des câbles où ils s'effilochaient, achetait de nouvelles décalcomanies. Ses frères regardaient et l'aidaient. Tous les soirs, son père venait dans la remise, donnait une claque sur la selle : « Plus que quelques semaines maintenant, fiston. »

Il a offert le vélo à ses frères, mais ils n'étaient pas si bêtes. C'était un fossile, et Fergus le savait. Seule une cadence parfaite de l'imagination aurait pu le faire rouler.

Le premier à partir a été le guidon, qui a plongé avec un petit plouf. Le lendemain soir, il a jeté les pédales, les manivelles, les plateaux et les roulements. Samedi il est descendu au bord de l'eau pour larguer les freins, les câbles, la selle, la tige de selle et le dérailleur. Un groupe d'ivrognes sniffaient de la colle sur les quais, aussi il est resté à la grille du bâtiment de la Corporation pour attendre qu'ils s'en aillent.

Le dimanche avait été le jour le plus difficile – il avait mis trois heures à essayer de transporter le cadre, et il était sur le point de renoncer et de le laisser le long de l'église quand un chauffeur de taxi, une cigarette pendue à la lèvre, s'était arrêté à sa hauteur et lui avait demandé ce qu'il fabriquait. « J'emmène le vélo se baigner », a dit Fergus, et le chauffeur avait simplement hoché la tête, puis proposé de le mettre dans son coffre et de le descendre au fleuve à sa place. Il avait posé le cadre en équilibre sur le bord du quai. « Heureusement que c'est pas le foutu Gange », avait dit le chauffeur avant de le quitter. Fergus, pas très sûr de ce qu'il avait voulu dire, avait fait basculer le cadre du haut du quai et il était reparti sans même attendre que les ondulations s'élargissent sur l'eau.

Et, la veille au soir, quand il a voulu se débarrasser de la roue avant, il a réveillé son frère Padraic en ouvrant trop grande la porte de la remise. Padraic est descendu dans son maillot de l'Arsenal. « Qu'est-ce que tu fous, Ferg ? » « Occupe-toi de tes affaires. » « Où est le reste du vélo ? » Fergus n'a pas répondu. « Papa va te tuer », a dit son frère. Plus tard, en manœuvrant son fauteuil le long de la rue, il a vu Padraic écarter les rideaux et le suivre des yeux. Quand il est revenu, Padraic l'attendait sur les marches de la maison. « T'as pas le droit de faire ça, putain. Papa y a mis tout son fric. »

Fergus a bousculé son frère : « Il s'en apercevra bien assez tôt. »

En bas, sur les quais, tout est encore tranquille. Les

fumées d'échappement de deux camions dessinent de curieuses formes dans l'air, parfois prises à mi-vol dans le rayon de néon d'une boutique ou d'une enseigne. Deux piétons se promènent de l'autre côté du fleuve, blottis sous les capuchons de leurs anoraks.

Il se penche en avant, attrape l'un des rayons et hisse la roue arrière à hauteur de sa poitrine. Voyant que le troisième pignon de la roue libre est un peu encrassé, il y passe le doigt. Il essuie l'huile à l'intérieur de sa cuisse et fixe la petite trace qu'elle a laissée sur le bleu de son jean.

L'eau est plus calme à présent, des bribes de déchets s'immobilisent à la surface. Il se demande si toutes les pièces qu'il a jetées ces derniers jours se sont posées au même endroit au fond du fleuve.

Un jour, peut-être, une tempête soufflera et rassemblera toutes les pièces du vélo, miracle de la nature, les pédales s'emboîteront dans le pédalier, l'axe de la roue glissera dans le cadre, le guidon tombera doucement dans la potence, tout ce satané engin sera reconstitué. Peut-être alors pourra-t-il plonger au fond dans la vase et l'enfourcher de nouveau, glisser ses pieds dans les cale-pieds, enrouler ses doigts autour du guidon, se pencher pour manier les vitesses, puis pédaler sur le fond, parmi la ruine des choses.

Il soulève la roue au-dessus de la Liffey.

Elle décrit un arc au-dessus du fleuve, puis paraît presque s'arrêter. Prise par une légèreté fabuleuse, elle semble suspendue, les couleurs des quais tourbillonnent avec elle, elle gagne de l'énergie de la poussée du ciel et oscille, à la fois sereine et violente, un oiseau prêt à s'envoler. Un instant, il voit des marathons, des sprints, des maillots et des serre-tête, des pistes et des pistolets de starter. Et lui, sur son fauteuil, fonce dans la circulation de Dublin, suit le mouvement, livre un paquet ou deux peut-être, des colis et des lettres qui tiennent sur ses genoux. Un petit chèque de fin de mois, son père se penche pour regarder l'argent, les bouteilles tintant dans ses poches. Ses jeunes frères à une ligne d'arrivée, en chemise de couleurs vives, sa mère tripote une rangée de perles rouges.

En un clin d'œil, la roue s'incline et tombe. Les quais de la Liffey se replient pour l'accueillir dans son ventre tandis qu'elle fend l'air avec l'économie d'une pierre. Fergus a beau pencher le haut du corps en travers du fauteuil, prendre appui sur le quai, il perd la roue de vue à un mètre au-dessus de l'eau. Il attend le plouf, mais il est noyé par le grondement d'un camion arrivant sur la route de la Brasserie de James' Gate. En bas, sur la surface, des cercles concentriques se déploient, se précipitant vers les parois du quai avec un énorme élan, comme s'ils cherchaient quelque chose, galopant vers l'extérieur, et le fleuve lui-même déplace les cercles encore un instant, entraînant ses eaux agitées, aspirant tout ce temps la roue vers le fond, lentement, délibérément, jusqu'à l'endroit où elle reposera. Fergus essaie de se rappeler si la porte du frigo s'est ouverte quand il a basculé dans le fleuve, il y a tant d'années.

Il pose les mains sur les roues du fauteuil, serre les dents, pousse, et s'élance le long des quais, son manteau battant au vent.

Le lac de Cathal

Triste dimanche quand un homme doit encore extirper un cygne du sol. La radio grésille et apporte à Cathal la nouvelle de la mort alors qu'il est au lit, tirant fort sur une cigarette, et il soupire.

Quatorze ans pour aller au ciel, et il n'était sans doute même pas assez vieux pour se raser, ce garçon. Peut-être avait-il une chevelure blonde comme un champ de blé. Ou des yeux bleus comme des œufs de grive. Jeune, gauche, dégingandé, une écharpe de Liverpool attachée autour de la bouche, la langue pointant dans la laine avec une grande obscénité venue du fond du ventre. Une bouteille d'essence à la main et un torchon de cuisine de sa mère allumé dans le goulot. D'un moulinet du bras, il commençait à lancer. Puis une balle en plastique lui frappe la poitrine et lui heurte le poumon à cent cinquante à l'heure. La bouteille lui échappe des doigts en tournoyant. Elle explose sur le pavé sous son dos. Les œufs de grive se brisent et des rangées de blé partent en flamme. La rue est soudain calme et grise, tandis que les autres garçons, trop tard, le font rouler dans les flaques pour éteindre le feu. Un autobus brûle. Un pigeon bat des ailes au-dessus des toits de Derry[1], une croûte de pain de mie dans le bec. Une fumée éclate, chant funèbre, couvrant le bruit des couvercles de poubelle et les hurlements des sirènes. Et, plus tard, on fiche implacablement une douzaine de nouveaux bouquets le long de la rue dans des bouteilles de lait commémoratives.

Cathal tousse et expectore un tribut à cette vision. Ah, mais c'est un triste dimanche quand un homme doit encore aller creuser, le lac est presque plein cette année.

Il tend la main vers sa table de nuit pour éteindre la radio, sort du lit en tanguant. Un grand fermier au torse épais, la cigarette pendue aux lèvres. En marchant nu vers la fenêtre, il frotte son crâne dégarni et imagine la rue grise, la pluie qui tombe sur les toits de tôle ondulée. Une foule se rassemble, les visages se contractent, furieux. Le garçon est toujours vivant dans sa maison de peau brûlée. Son poumon a dû éclater et une infirmière se penche sur lui. Une jeune mère, le visage hystérique, taché de mascara, bat l'air de ses poings savonneux, se rappelant une page d'un devoir inachevé laissée sur la table de la cuisine à côté d'un vase de soucis fléchissants. Ou de capucines. Ou de marguerites. Là-haut, dans la chambre, une aiguille à coudre avec de l'encre à l'extrémité, parce que le garçon avait commencé à se tatouer un mot de cinq lettres sur les jointures. « Amour » ou « haine » ou « merde » ou « désir ». Le

1. Abréviation utilisée par les Irlandais pour désigner Londonderry. *(N.d.T.)*

hurlement des sirènes continue à déchirer l'air sous la pluie. Les roues font crisser les éclats de verre.

Cathal frissonne, écarte les rideaux déchirés et regarde une averse tomber obliquement, paresseusement dans l'air matinal sur le lac où ses cygnes flottent. Ils sont si nombreux cette année que s'ils levaient leurs ailes à l'unisson ils se heurteraient tous en vol, barrage de blanc.

D'habitude, de la fenêtre de la ferme, Cathal voit à des kilomètres – au-delà de la terre noire labourée, des champs vert jade, des ruisselets des collines, du roulement de la forêt, jusqu'aux lointaines montagnes grises et brunes. Aujourd'hui, à cause de la pluie, il distingue tout juste le lac, qui est déjà un paysage en miniature – encerclé de châtaigniers et de ronces, avec une berge de trois mètres au nord, et un autre monticule à l'est, où l'on entend souvent le chant des grenouilles. Le lac est profond et clair, malgré les infiltrations d'eau teintée de fumier venue des prés où paît son bétail. À la surface, les cygnes, le cou incliné très bas, se faufilent entre les roseaux et les nénuphars. De la route à huit cents mètres, où parfois la circulation gronde, le lac est invisible.

Cathal ouvre la fenêtre, sort la tête, lâche la cigarette et la voit tomber en spirale pour s'éteindre dans l'herbe mouillée. De nouveau, il regarde vers le lac.

« Bonjour, crie-t-il. Vous avez de la place pour un nouveau ? »

Les cygnes continuent à dériver, pareils à du papier, pendant que l'écho lointain de son cri lui revient. Il tousse encore, crache par la fenêtre, la referme, marche vers son lit défait et enfile ses sous-vêtements, une chemise blanche à col ouvert, une large salopette crasseuse et des chaussettes en laine.

Lentement, lourdement, il suit le palier et descend l'escalier pour aller préparer son petit déjeuner. Tous ces jeunes qui meurent, garçons et filles, pense-t-il, ses chaussettes glissant sur le plancher. Et puis merde !

Peut-être le soldat qui a tiré sur les manifestants n'était-il qu'un jeune garçon lui-même. Le bacon de Cathal crépite et la bouilloire émet un sifflement grave. Peut-être que tout ce qu'il voulait, en voyant avancer le gamin à l'écharpe de Liverpool autour de la bouche, c'était se retrouver chez lui. Puis, alors qu'une bombe incendiaire tournoyait, le soldat n'a peut-être pensé qu'à une simple pinte de Watney. Ou à une rangée d'immeubles de Tyneside et un ballon à lancer contre le mur. Ou à être enlacé avec sa petite amie dans une ruelle de Newcastle. Il aurait peut-être bien voulu que ses cheveux lui touchent les épaules, comme avant. Ou que, avec la solde du mois prochain, il puisse acheter de l'afghan et, assis à la caserne avec ses copains, souffler au plafond des ronds de fumée pareils aux anneaux de Saturne. Ses yeux étaient peut-être aussi verts et profonds que des bouteilles dans une cave. Un livre de Wilfred Owen était fourré sous son oreiller pour l'aider à comprendre les sifflements sur les barbelés. Mais il était là, à Londonderry, frémissant et tremblant, l'épaule douloureuse à cause du recul de la crosse, les yeux levés vers le ciel où montait un plumet de fumée.

Cathal sort le bacon de la graisse grésillante avec ses doigts et casse deux œufs. Il se verse une tasse de thé, tousse, et laisse un autre crachat dans l'évier. Le temps a été rude ce Noël. Des vents à vous cisailler le corps, comme une faux à travers un épouvantail, lui ont donné une méchante bronchite. Même les Bushmill qu'il a bues hier soir ne lui ont rien fait à la poitrine. Quelle affreuse idée ! Il se frotte le torse. Les Bushmill et les balles.

Peut-être, pense-t-il, une photo de la petite amie du soldat est accrochée au mur au-dessus de sa couchette à la caserne. Cornée et un peu jaunie. Ses cheveux crêpés, un sourire sensuel sur le visage. Assez pour que le soldat se sente fondre. Et il devra l'appeler, navré, et lui dire : « Je voulais pas, poulette. On voulait seulement disperser la foule. » Ou peut-être pas. Il a peut-être une face de rat, des yeux sombres comme des trous de tourbière, et on lui claque dans le dos, on le félicite, et lui, glorieux dans ses bottes noires, lève son verre pour dire : « Vous avez vu, les gars ? Putain de tir, hein ? Newcastle United 1, Liverpool 0. »

Toute cette haine miraculeuse. Bon Dieu de bon Dieu ! Un homme ne peut pas manger son petit déjeuner en paix pour se remplir le ventre. Cathal trempe un bout de pain dans le jaune d'un œuf et s'essuie le menton. Dans la cour, les poulets se disputent des bribes de nourriture. Un corbeau se pose sur un piquet de clôture près de la grange rouge. Plus loin, une douzaine de vaches se serrent sous un arbre, au coin d'un pré, pour s'abriter de la pluie qui tombe en nappes régulières à présent. Abandonné au milieu du champ, le tracteur de Cathal. Il a rendu l'âme hier pendant qu'il portait quelques sacs d'avoine, de foin et de blé concassé aux cygnes.

Fourrant dans sa bouche le reste de son déjeuner, Cathal regarde les cygnes glisser paresseusement sur l'eau, en rangs serrés. Doux Jésus, il ne reste plus beaucoup de place sur le lac ces temps-ci.

Il laisse la vaisselle du petit déjeuner dans l'évier, tourne le loquet, s'assied sur un tabouret en bois sous la véranda et enfile ses bottes vertes en caoutchouc, la respiration sifflante. De temps en temps, le vent souffle des gouttes de pluie sous l'abri, et il serre les cordons du capuchon de son anorak. Wingnut, une chienne colley à trois pattes – le tracteur est passé sur celle de devant –, vient nicher sa tête au creux du genou de Cathal. Il sort un paquet de cigarettes de la poche de son anorak, met ses mains en coupe et en allume une. Il est temps de renoncer à ce satané poison, pense-t-il en traversant la cour, la cigarette rougeoyante. Wingnut poursuit les poulets en cercle autour des flaques, boitant sur ses trois pattes.

« Wingnut ! »

La chienne baisse la tête et suit Cathal vers la grange rouge. Du foin est empilé en petites balles, et des sacs d'aliments pour animaux encombrent les étagères. Des pièces de tracteur s'entassent dans un coin. Des outils s'affalent pêle-mêle contre le mur. Cathal glisse la pointe du pied sous le manche d'une fourche et d'un coup sec l'envoie voler à travers la grange. Puis il soulève une barre à damer, l'appuie dans le coin, et empoigne sa bêche préférée à manche bleu.

Seigneur, les choses qu'il pourrait faire à présent s'il n'était pas condamné à creuser. Il pourrait réparer la tête de delco du tracteur. Ou redresser la clôture nord. Mettre de la paraffine dans le terrier du renard pour s'assurer que ce petit salaud à queue rouge ne viendra plus chasser ses poulets. Ou, là-bas, dans le champ sud, veiller à ce que le bétail ait assez de fourrage pour l'hiver. Ou simplement s'asseoir près du feu pour fumer et regarder la télévision, comme tout homme digne de ce nom aimerait le faire à cinquante-six ans.

Toutes ces années passées à creuser. Il pourrait atteindre son frère en Australie, ou sa sœur en Amérique, ou même ses parents au ciel ou en enfer s'il mettait bout à bout tous ces trous.

« Pas vrai, Wingnut ? » Cathal se penche, la bêche fourrée sous le bras, pour prendre la patte de devant de Wingnut et la faire sortir de la grange, et rit quand le colley aboie.

De nouveau, il traverse la cour, la chienne sur les talons. Tout en marchant, il fouette l'eau des flaques de sa bêche et fredonne. Je me demande s'ils chantent en ce moment sur le corps de ce pauvre garçon. Les brûlures éclaircies par du maquillage peut-être, les cheveux couleur d'automne peignés en arrière, les paupières pacifiées, la bouche amère et mystérieuse, la main tatouée discrètement recouverte. Un prêtre chicane parce qu'il ne veut pas de drapeau sur le cercueil. Un employé des pompes funèbres dit avec onction que le garçon mérite ce qu'il y a de mieux. Soie et torsades dorées. Des amis adolescents écrivent des poèmes pour lui à la lumière symbolique des cierges. Les soucis fanés ont été remplacés par des roses – de magnifiques roses aux pétales parfaits. On utilise des torchons, cette fois pour essuyer le whisky du comptoir. Le cendrier est plein de mégots. Les bouteilles de lait en guise de tasses à thé font fureur auprès des dames

Lorsqu'il arrive sur le chemin, le vent lui décoche des flèches de pluie sur la joue. Se servant de sa bêche comme d'une canne pour négocier les ornières, il sent le froid s'insinuer dans ses os. Au loin les cygnes continuent à glisser, indifférents à la température. Le plus étrange, dans tout ça, c'est qu'ils ne semblent jamais se quereller. Mais ils ne chantent pas non plus. Même quand ils partent, le troupeau tout entier, chaque veille du jour de l'An, il n'entend jamais ce fameux chant du cygne. Dans une émission de télévision, un soir, un spécialiste a dit que le chant du cygne était un mythe, que le phénomène avait pu se produire une ou deux fois, lorsqu'on avait tiré sur un oiseau et que le souffle s'échappant de la trachée avait sonné comme un chant aux oreilles de quelque pauvre idiot de poète. Pourtant, si c'était vrai, s'il existait vraiment un chant du cygne, ne serait-ce pas merveilleux à entendre ? Cathal siffle entre ses dents, puis sourit. Ainsi, du moins, il n'y aurait plus à creuser, et un homme comme lui pourrait se reposer.

Il ouvre la barrière, évite la boue derrière le fossé destiné à empêcher le bétail de s'échapper. Il entre dans le champ. À chaque pas, de l'eau jaillit autour de ses bottes avec un bruit de succion. Les oiseaux ne l'ont pas encore vu. Deux ou trois se suivent à la queue leu leu, soulevant des remous. Un grand mâle, haut de plus d'un mètre, enroule son cou autour de celui d'une femelle, leurs becs jaune vif piquetés de noir. Lentement, ils penchent la tête et se lissent mutuellement les plumes. Cathal sourit. Voici Anna Pavlova, le surnom qu'il donne à son cygne préféré, un jeune individu qui, dans les premiers jours de l'année, avant que le lac soit si fréquenté, dansait à la surface, projetant en l'air des nuages de gouttelettes. D'autres se rassemblent dans les roseaux. Neuf volatiles sont blottis près de la rive, le cou tendu vers le ciel.

Du diable s'il y a beaucoup de place pour un autre – surtout un garçon susceptible d'être un peu bagarreur. Cathal secoue la tête et jette la bêche en avant, au bord du lac. Elle atterrit sur la lame, puis glisse dans la boue, tombant presque à l'eau. Les oiseaux lèvent la tête et caquètent. Quelques-uns se mettent à battre des ailes. Wingnut aboie.

« Taisez-vous tous ! crie-t-il. Fichez-moi la paix. Un peu de tranquillité. »

Il récupère sa bêche, dont il essuie la lame sur la poche de côté de sa salopette, allume une nouvelle cigarette et la tient entre ses dents jaunissantes. La plupart des cygnes se calment et lui jettent des regards. Mais les plus vieux, qui sont là depuis janvier, lui tournent le dos et se laissent dériver. Wingnut se couche, la tête sur sa patte antérieure. Cathal plante fermement la bêche dans le sol humide au bord du lac, espérant être tombé au bon endroit.

En général, ils ont tous la même forme, la même taille, les mêmes plumes blanches. La fille du bar soufflé par une explosion ressemble comme une jumelle au soldat qu'on a trouvé affalé sur le siège avant d'un véhicule blindé, un trou dans la tête de la taille d'un poing, de la taille d'un cœur. Et lui était jumeau du garçon de Garvagh trouvé noyé dans un fossé une charge de plastic à la main et un roseau entre les dents. Et lui, le jumeau de la mère abattue accidentellement alors qu'elle était sortie promener son bébé dans un landau. Elle, la jumelle du père trouvé pendu à un chêne après avoir vu sa fille en robe de goudron et de plumes de poulet. Lui, jumeau des trois soldats et des deux hommes armés qui s'étaient entre-tués en mars dernier – Dieu de Dieu, il y en avait eu des sifflements pendant qu'il creusait. Et la semaine dernière, juste avant Noël, le vieil homme trouvé au bord de la route, privé de ses rotules, à côté de son vélo bleu, ce travail-là aussi avait été extrêmement pénible.

À présent, la lame s'enfonce facilement. Il appuie de tout son poids sur la bêche. D'un mouvement de l'épaule et d'une pression du pied, il soulève la première motte – alourdie d'eau et de touffes d'herbe –, la jette à sa gauche, puis regarde le ciel en se posant des questions.

Des décorations de Noël à la caserne peut-être. Des guirlandes, des cartes postales, des clochettes, et beaucoup de couleurs vives. Des aiguilles de pin passées à la bombe pour qu'elles ne tombent pas. Un soldat sans estomac en guise de dinde. Un autre soldat attaque le pudding. Quelqu'un lance une plaisanterie sur la mère de toutes les bouteilles. Un garçon, à un coin de rue, voyant une tache de noir plus profond sur le macadam, prend une résolution de Nouvel An. Un professeur relit de vieilles rédactions. Une petite amie fume sur une promenade de bord de mer en Angleterre. Une grand-tante avec d'énormes quantités de restes. Des paragraphes en bas à gauche des pages du journal.

Encore une motte et le monticule s'élève un peu plus haut. La pluie souffle fort dans le dos de Cathal. Des nuages courent à travers le ciel matinal. De la fumée de cigarette s'échappe de son nez et de sa bouche. Il se met à transpirer sous ses lourds habits. Au bout de quelques minutes, il écrase le mégot du pied, sort un mouchoir rouge de sa poche et s'essuie le front, puis, de nouveau, attaque le sol. Vas-y doucement maintenant, sinon tu vas couper le cou délicat de cette pauvre petite créature.

Quand le monticule a grandi, que le trou est profond d'un mètre, Cathal voit le haut d'une plume blanche. Un tremblement de sol humide. « Doucement maintenant, dit-il. Doucement. Va pas te débattre. » Il creuse encore un grand arc profond autour du cygne, puis pose sa bêche par terre et se couche près du trou, bras et jambes écartés. Il adresse un clin d'œil à Wingnut de l'autre côté. Elle a vu cette scène se reproduire assez souvent pour avoir appris à ne pas aboyer. Sur le lac, derrière son dos, il entend quelques cygnes jaboter. Il plonge la main dans le trou et se met à gratter. Pourquoi transpirer sous la pluie, en chemise blanche propre, quand il y a mille autres choses à faire ? L'argile s'amasse sous ses ongles. L'oiseau est couché sur le côté.

Il ramollit un peu plus la terre autour du corps, mais pas assez pour que les ailes commencent à battre. D'un seul coup puissant, elles peuvent briser un bras d'homme. Il pose sa main sur le ventre et sent le cœur palpiter. Puis il gratte encore un peu de terre autour des pattes palmées. Avec une grande délicatesse, Cathal pratique un tunnel d'où il pourra sortir le cou et la tête. Quand le sol est assez friable, il libère doucement le long cou tordu et le prend d'une main. « Va pas te mettre à siffler, hein ? » Il glisse l'autre main sous le corps. Adroitement, il dégage le cygne, repliant l'une des pattes contre une aile, gardant l'autre aile contre lui. Il le soulève, puis le jette loin de lui.

« Vas-y maintenant, petit ambitieux. »

Cathal s'assied au bord du trou, ses bottes à l'intérieur, et observe la façon merveilleuse dont le cygne s'élance avec force au-dessus du lac, de la terre lui pleuvant des ailes, étrange et gracieux, à la recherche d'un endroit où se poser. Il regarde les autres cygnes lui ménager de la place en s'écartant, faisant crisser leurs ailes les unes contre les autres. Le nouveau-né se pose sur un coin d'eau à l'est du lac.

Quelque part dans les entrailles d'une cité HLM, une mère range des vêtements dans des sacs en plastique. Sa lèvre tremble. Il y a de nouveaux graffiti dans la cage de l'escalier en dessous de son appartement. Des photos de joueurs de foot sont décrochées du mur d'une chambre à coucher. Une aiguille à coudre est jetée dans une poubelle vide, où elle produit un son métallique. Dehors, des journalistes écrivent en sténo dans des carnets à spirale. Des caméras tournent. Quelqu'un pense à mettre du sucre dans l'eau pour que les fleurs durent plus longtemps. Un autre homme, coiffé d'une casquette plate, creuse la terre. Un soldat compose le numéro de sa petite amie. Ou fait une entaille dans sa crosse. Les cygnes ne chantent pas à moins qu'on ne leur tire dessus, haut, très haut dans le ciel. Leur trachée siffle. C'est un fait reconnu.

Cathal allume sa dernière cigarette et pense que dans deux jours le troupeau tout entier s'en ira. Il lui faudra peut-être recommencer à creuser. Et puis merde ! Chaque homme porte sa malédiction personnelle. Cathal fait signe à son chien, prend sa bêche et, courbé, repart vers la ferme dans ses bottes vertes. En chemin, la boue éclabousse le dos de son anorak. La fumée s'enfuit en tourbillons de sa bouche. Il remarque que le piquet de la clôture à l'autre bout du champ est penché comme s'il était un peu ivre. Il faudra le redresser, songe-t-il, tandis que la pluie crache ses rafales.

Table

Cet ouvrage a été réalisé par

FIRMIN DIDOT

GROUPE CPI

Mesnil-sur-l'Estrée

pour le compte des Éditions 10/18
en août 2001

Imprimé en France
Dépôt légal : septembre 2001
N° d'édition : 3293 – N° d'impression : 56523